Königs Erläuterungen und Materialien
Band 192/192a

Erläuterungen zu

Theodor Storm

Der Schimmelreiter

von Gerd Eversberg

C. Bange Verlag – Hollfeld

Herausgegeben von Klaus Bahners, Gerd Eversberg
und Reiner Poppe

5. Auflage 1992
ISBN 3-8044-0286-0

Druck: Beyer-Druck, Langgasse 23, Hollfeld

Inhalt

Einleitung ... 5

I. Skizze zu Storms Biographie ... 6
Zeittafel ... 10

II. Storm als Novellist ... 15
1. Der Begriff der Novelle 15
2. Würdigungen Storms 15
a) Geschichte der deutschen Literatur (DDR) ... 18
b) G. Lukács ... 20
c) Th. Mann ... 24
d) F. Martini ... 25

III. Erläuterungen zu „Der Schimmelreiter“ ... 34
1. Werkgeschichte ... 34
2. Quellen ... 40
2. a) Die Natur als Hintergrund der Erzählung ... 48
3. Gang der Handlung ... 50
4. Sachliche und sprachliche Erläuterungen ... 55
5. Charakterisierung der Hauptpersonen ... 72
6. Dokumente zur Interpretation ... 76

IV. Literatur zu Storm ... 98

EINLEITUNG

Theodor Storm gehört zu denjenigen Autoren der zweiten Hälfte des vorigen Jahrhunderts, die bis heute eifrig gelesen werden. Früher galten seine Novellen als bevorzugte Schullektüre, da in ihnen menschliche Grunderlebnisse in schlichter und einfacher Weise sehr poetisch dargestellt wurden. In der letzten Zeit kann man eine erneute Hinwendung zu diesem Autor feststellen, der noch vor einigen Jahren in den Verdacht eines konservativen, die wirklichkeitsfremde Idylle liebenden Schriftstellers geraten war. Diese neuerliche Beschäftigung mit Storm auch in der Schule hat aber einen anderen Grund. Nach Jahren der Aufarbeitung bisher zu Unrecht vergessener und verschwiegener sozialkritischer Autoren wird der Begriff Natur wiederentdeckt, und es setzt eine neuerliche Identifizierung mit dem überschaubaren Lebensraum ein, aus dem wir stammen und in dem wir uns bewegen. Storm ist kein Heimatdichter, aber er hat fest in seiner Heimat verwurzelt aus dieser Identifikation mit dem Land zwischen den Meeren und seinen Menschen seine sprachlich reizvollen Gedichte und Novellen geschrieben. Moderne Menschen vermissen immer mehr diese verlorene Identität. Da aber seit einiger Zeit die scheinbar unbegrenzte Fortschrittsgläubigkeit einer zweifelnden Haltung weicht, weil wir in unserer von moderner Technik so veränderten Welt auch den Sinn unseres Tuns nun wieder in Frage stellen, gewinnt ein Autor wie Storm für uns Bedeutung, der uns aus einer vergangenen Zeit beileibe keine Idyllen vor Augen führt, sondern der zutiefst menschliche Probleme und Konflikte gestaltet, und das mit einer sprachlichen Kraft und poetischen Trefflichkeit, die uns bei der Besinnung auf unsere Herkunft und auf den Sinn unseres Lebensweges berühren kann.

Der vorliegende Erläuterungsband soll Schülern den Zugang zum Verständnis der Novelle „Der Schimmelreiter" erleichtern. Diese Novelle steht am Ende des Schaffens Storms; im hohen Alter und von der tödlichen Krankheit gezeichnet hat, er in ihr all sein erzählerisches Können aufgeboten und gleichsam sein literarisches Vermächtnis hinterlassen.

Damit die selbständige Begegnung mit der Literatur nicht durch aufgesetzte Interpretationen verhindert wird, bietet der Erläuterungsband Materialien, die zum besseren Verständnis der Novellen hilfreich sein können. Da ist zunächst eine Orientierung über das Leben des Dichters, die vielleicht dazu anregen mag, einmal eine richtige Biographie in die Hand zu nehmen und durch ihre Lektüre am Beispiel des Lebensweges eines einzelnen Menschen und seiner unmittelbaren Umgebung das Bild einer ganzen Epoche kennenzulernen. Weiter wird über den Begriff der Novelle informiert; Dokumente aus wissenschaftlichen Werken sollen zeigen, wie Storm von der Literaturwissenschaft als Erzähler gewürdigt wird.

Die Erläuterungen zur Novelle bieten Informationen zur Werkgeschichte, den vollständigen Text der Hauptquelle Storms und weitere Hinweise auf Vorlagen. Dann wird der Gang der Handlung wiedergegeben; man sollte aber bedenken, daß ein Zurkenntnisnehmen des Inhalts nicht die persönliche Lektüre des Textes ersetzen kann!

Die sachlichen und sprachlichen Erläuterungen dienen dem unmittelbaren Textverständnis, die Charaktere der Hauptpersonen nehmen einen ersten Schritt der Interpretation vorweg, während die Dokumente zur Interpretation Schwerpunkte einer möglichen Deutung der Novelle aufweisen sollen. Hier ist besonders interessant, wie wenig von der Vielschichtigkeit dieser Novelle durch die marxistische Interpretation erfaßt wird; dies ist ein Dokument für die Gefahr der Vereinseitigung bei dogmatischer Fixierung auf nur eine Interpretationsmethode. Auch hier gilt, daß die Interpretationen lediglich Beispiele sein sollen, daß sie alle nur Teilaspekte der möglichen Deutung nennen und daher jeder Leser aufgefordert bleibt, eine für ihn gültige Interpretation in der aktiven Auseinandersetzung mit dem literarischen Werk zu erarbeiten.

Das Literaturverzeichnis weist alle verwendeten Werke nach und kann als Anregung genommen werden, sich weiter mit Theodor Storm zu beschäftigen.

I. SKIZZE ZU STORMS BIOGRAPHIE

Am 14. September 1817 wird gegen Mitternacht Hans Theodor Woldsen Storm in Husum geboren. Das Geburtshaus steht am Markt Nr. 9. Vater war Johann Kasimir Storm (1790 bis 1874) und entstammte einer Bauernfamilie; die Mutter Luci, geb. Woldsen (1797 bis 1879), war Tochter einer alteingesessenen Husumer Kaufmannsfamilie. Im nächsten Jahr zieht die Familie in das Haus Neustadt 56 um. 1821 stirbt der Großvater Simon Woldsen (1754 bis 1820) und die Familie zieht um in das Haus der Großmutter Magdalena Woldsen, geb. Feddersen (1766 bis 1854), das später in mehreren Novellen beschrieben wird. Im Herbst 1821 tritt Theodor in die Schule ein. 1825 erlebt er die große Sturmflut (3. und 4. Februar).

Seit 1826 besucht er die Gelehrtenschule und wird durch Erzählungen der Magdalena Jürgens, einer Husumer Bäckerstochter, nachdrücklich beeinflußt. Der Junge wächst in großer Freiheit auf und zählt zu seinen Spielgefährten Kinder aller Stände.

1830 lernt Storm bei Verwandten auf der Insel Föhr die neunjährige Emma kennen; das Motiv der frühen Kinderliebe hat er in verschiedenen Novellen ausgestaltet.

Am 27. Juli 1833 entsteht „An Emma", das früheste erhaltene Gedicht Storms. 1835 verläßt er die Gelehrtenschule und siedelt für eineinhalb Jahre nach Lübeck über, um dort das Gymnasium Katharineum zu besuchen. In Lübeck erfährt er geistige Anregungen und lernt den späteren Schriftsteller Ferdinand Röse kennen. Beim Besuch einer verwandten Familie in Altona begegnet er der zehnjährigen Bertha von Buchan (1826 bis 1903).

Storm verläßt Ostern 1837 das Gymnasium mit mäßigen bis guten Leistungen und immatrikuliert sich im April an der Juristischen Fakultät der Universität Kiel. Vom Korps- und Kneipwesen der Studenten (Kiel zählte damals etwa 200) distanziert er sich. Nach dem ersten Semester verlobt er sich mit Emma, löst aber noch am Nachmittag das Verlöbnis, um, wie er erklärt, nicht gebunden zu sein.

Im Februar 1838 nimmt Emma gekränkt ihr Wort zurück. Storm schreibt ein Märchen für Bertha von Buchan und besucht für drei Semester die Berliner Universität. Dort wird er Mitglied einer Laienspielgruppe unter Leitung von Ferdinand Röse.

1839 kehrt Storm nach Kiel zurück und freundet sich mit den Brüdern Mommsen an; Theodor (1817 bis 1903) wird später als Historiker bekannt, Tycho (1819 bis 1900) als Philologe. Die Freunde üben sich im Verfassen kleiner literarischer Beiträge und sammeln schleswig-holsteinische Märchen und Sagen, die vom Germanisten Karl Müllenhof (1818 bis 1884) 1845 herausgegeben werden.

Ostern 1842 reist Storm zur Konfirmation Berthas nach Altona. Im Herbst besteht er die juristische Prüfung und trägt Bertha einen Heiratsantrag an. Sie lehnt ab, weil sie sich noch zu jung fühlt.

Im Aprill 1843 läßt sich Storm als Advokat in Husum nieder; er bezieht eine Wohnung in der Großen Straße und gründet einen Gesangverein.

Im Januar 1844 verlobt er sich mit seiner Cousine Constanze Esmarch (1825 bis 1865); die Eltern stimmen nach anfänglicher Zurückhaltung zu.

1845 bezieht er eine Wohnung gemeinsam mit dem Freund Hartmut Brinkmann. Vor seiner Hochzeit am 15. September 1846 bezahlt die Großmutter seine Schulden aus der Studentenzeit und beseitigt dadurch ein Hindernis für die Ehe. Storms Eltern nehmen an der Hochzeit nicht teil.

1847 lernt Storm Dorothea Jensen (1828 bis 1903) kennen, in die er sich leidenschaftlich verliebt. Es ergeben sich Konflikte, bis Dorothea Ende des nächsten Jahres Husum verläßt.

Am 23. März 1848 sagt sich Schleswig-Holstein von Dänemark los. In Rendsburg bildet sich eine provisorische Regierung, die am 3. April eine schleswig-holsteinische Landesversammlung einberuft. Schleswig-holsteinische Truppen und deutsche Freischärler rücken bis Flensburg vor, werden jedoch von den Dänen besiegt. Schleswig wird in den Deutschen Bund aufgenommen; Bundestruppen besiegen die Dänen, und ein Waffenstillstand wird beschlossen. Am 25. Dezember wird Storms Sohn Hans geboren.

Anfang 1848 wird der Krieg gegen Dänemark fortgesetzt.

Nach weiteren Kämpfen, einem Waffenstillstand zwischen Dänemark und Preußen und der Gewaltherrschaft durch den dänischen Kommissar Tillich in Schleswig kommt es am 8. Mai 1852 zum Londoner Protokoll, in dem bestimmt wird, daß Schleswig-Holstein dänisches Territorium bleibt. Am 30. Januar 1851 wird der Sohn Ernst geboren.

Durch die Änderung der politischen Verhältnisse erhält Storm Berufsverbot und muß ins Exil nach Preußen gehen. In Berlin nimmt er Kontakt zu Theodor Fontane auf. Am 10. Juni 1853 wird der Sohn Karl geboren. Es gelingt Storm schließlich, eine Anstellung als Assessor im preußischen Justizdienst zu erhalten, ihm wird aber kein Gehalt gezahlt und die Familie ist auf die Unterstützung durch den Vater angewiesen.

Im selben Jahr siedelt die Familie nach Brandenburg über. Storm arbeitet sich mühsam in das Preußische Landrecht ein. Er ist weiter von der Unterstützung durch die Eltern abhängig und leidet unter Krankheiten. Am 10. Juni 1855 wird die Tochter Lisbeth geboren; mit dem Vater unternimmt Storm eine Reise nach Süddeutschland, auf der sie auch Mörike besuchen. Im August 1856 wird Storm zum Kreisrichter in Heiligenstadt ernannt. Es beginnt eine Freundschaft mit dem Maler Ludwig Pietsch (1824 bis 1911). Storm findet jetzt mehr Zeit zum Schreiben und gründet einen Gesangverein. Am 12. August 1860 wird die Tochter Luci geboren und am 24. Januar 1983 die Tochter Elsabe.

Am 18. Januar 1864 rücken österreichische und preußische Truppen in Schleswig-Holstein ein. Die Ständeversammlung in Husum wählt Storm zum Landvogt, zuständig ungefähr für den Bereich des heutigen Landkreises Nordfriesland. Storm scheidet aus dem preußischen Staatsdienst aus und kehrt nach Husum zurück. Seine Aufgaben betreffen die öffentliche Ordnung, das Zivil- und das Strafrecht. Nach weiteren Kämpfen (Sturm auf die Düppeler Schanzen) werden die Dänen endlich besiegt; durch den Frieden von Wien wird die Unabhängigkeit Schleswig-Holsteins besiegelt. Storm gründet in Husum erneut einen Gesangverein.

Am 4. Mai 1865 wird die Tochter Gertrud geboren, doch Frau Constanze stirbt am 20. Mai am Kindbettfieber. Storm ist vom Verlust seiner Gattin tief getroffen und braucht einige Zeit, sich von der Trauer zu erholen. Die Pflege des Haushalts und die Erziehung der Kinder übernimmt für kurze Zeit die englische Erzieherin Maryn Pyle. Storm reist zu Verwandten nach Hamburg und danach nach Süddeutschland. In Frankfurt trifft er Tycho Mommsen und in Baden-Baden den russischen Dichter Turgenjew. Nach seiner Rückkehr begegnet er Dorothea Jensen wieder und schwankt in seiner Liebe zu ihr und der abgöttischen Verehrung seiner verstorbenen Frau.

Am 13. Juni 1866 wird die Ehe mit Dorothea geschlossen; die Familie zieht im Oktober in das Haus Wasserreihe 31. Am 24. Januar 1867 verleibt Preußen Schleswig-Holstein als Provinz seinem Machtbereich ein. Nach einer Justizreform wird Storm Richter in Husum, sein Gehalt wird aber gekürzt. Am 4. November 1868 wird die Tochter Friederike geboren. Die nächsten Jahre stehen im Zeichen einer intensiven literarischen Produktion.

1872 flieht Storms Gerichtssekretär wegen Unterschlagungen, und Storm haftet mit seinem Vermögen. Storm reist nach Salzburg und besucht auch Paul Heyse.

1874 wird Storm zum Oberamtsrichter ernannt, 1879 zum Amtsgerichtsrat. Vater und Mutter sterben 1874 bzw. 1879. 1880 wird Storm pensioniert und erhält den Roten-Adler-Orden 4. Klasse. Im April siedelt die Familie in das Haus in Hademarschen über. Auf seinem Alterssitz korrespondiert Storm mit seinen Freunden und verfaßt die bedeutenden Novellen seines Alterswerks. Er erkrankt an Magenkrebs, kann aber vor seinem Tod seine wichtigste Novelle, den „Schimmelreiter“, abschließen.

Storm stirbt am 4. Juli 1888 und wird in Husum in der Familiengruft der Woldsens beigesetzt.

„Storm wurde fast einundsiebzig. Seine Todeskrankheit war das Marschenübel, das in eine seiner stärksten Erzählungen, ‚Ein Bekenntnis', verhängnisvoll hineinspielt, der Krebs, und zwar der Magenkrebs. Er gab den Großartigen und verlangte ‚Klarheit' von seinem Arzt, unter Männern. Als aber der ihm reinen Wein eingeschenkt hatte, fiel er zusammen und überließ sich tiefster Schwermut, so daß alle sahen, er würde den ‚Schimmelreiter', das Höchste und Kühnste, woran er sich je gewagt, nicht vollenden. Sie sagten: ‚Kinder, das geht nicht', und beschlossen, den alten Dichter, der künstlerisch in einer taciteisch-germanischen sera juventus stand, aber seine Männlichkeit überschätzt hatte, wohltätig zu belügen. Sein Bruder Emil, der Arzt war, tat sich mit zwei Kollegen zusammen, und es gab ein Humbug-Konsilium, worauf die Wissenschaft erklärte, das sei alles Unsinn und keine Rede von Krebs, die Magenbeschwerden seien ganz harmloser Art. Storm glaubte es sofort, schnellte empor und hatte einen vorzüglichen Sommer, in dessen Verlauf er mit den guten Husumern seinen siebzigsten Geburtstag sinnig-fröhlich beging und außerdem den ‚Schimmelreiter' fortführte und siegreich beendete, diese mächtige Erzählung, mit der er die Novelle, wie er sie verstand, als epische Schwester des Dramas, auf einen seither nicht wieder erreichten Gipfel führte.

Ich wollte das zum Schlusse erzählen. Das Meisterwerk, mit dem er sein Künstlerleben krönte, ist ein Produkt barmherziger Illusionierung. Die Fähigkeit, sich illusionieren zu lassen, kam ihm aus dem Vollendungs- und Lebenswillen des außerordentlichen Kunstwerks."

Thomas Mann: Einleitung, in: Th. Storms Novellen, Bd. 1, Frankfurt/M. 1953, S. XXIV.

Zeittafel

Die Angaben folgen Karl Ernst Laage, Theodor Storm, Husum [2]1980, S. 92 ff.

1817	14. September: Hans Theodor Woldsen Storm in Husum, Markt 9, geboren. Vater: Justizrat Johann Casimir Storm (1790–1874); Mutter: Lucie, geb. Woldsen (1797–1879).
1818	Umzug ins Haus Neustadt 56.
1821	Umzug ins Haus der Großeltern Woldsen, Husum, Hohle Gasse 3. Herbst: Eintritt in die Klippschule der Madame Amberg.
1825	3./4. Februar: Sturmflut.
1826	Herbst: Eintritt in die Quarta der Husumer Gelehrtenschule.
1832	9. Dezember: erster (erhaltener) Brief.

1833 17. Juli: erstes Gedicht „An Emma".

1835 Herbst: Übergang auf das Katharineum in Lübeck, Bekanntschaft mit Geibel und Röse. Storm lernt Goethes „Faust", die Lyrik Heines und Eichendorffs kennen.

1837 April: Beginn des Jurastudiums an der Kieler Universität. Märchen „Hans Bär" und Gedichte für Bertha von Buchan. 3. Oktober: Verlobung mit Emma Kühl von Föhr (Entlobung am 28. Februar 1838).

1838 Ostern: Studium an der Berliner Universität. Herbst: Bildungsreise nach Dresden.

1839 Rückkehr an die Kieler Universität. Freundschaft mit Theodor und Tycho Mommsen.

1840 Veröffentlichung erster Gedichte im „Album der Boudoirs" (u. a. „Die Möwe", „Auf Wiedersehen") und in „Europa" (u. a. „Goldriepel", „Morgenwanderung"). Beginn der Sammlung von Sagen, Märchen und Liedern (später von Müllenhoff herausgegeben).

1842 Oktober: Bertha von Buchan weist Storms Heiratsantrag zurück. Oktober: Juristisches Staatsexamen in Kiel. Rückkehr nach Husum; erste juristische Arbeiten in der Rechtsanwaltspraxis des Vaters.

1843 Februar: Eröffnung einer eigenen Rechtsanwaltspraxis, Husum, Großstraße 11. Frühjahr: Gründung eines „Singvereins". Im November erscheint das „Liederbuch dreier Freunde" mit 40 Stormgedichten.

1844 Januar: Verlobung mit seiner Cousine Constanze Esmarch (1825 bis 1865). Juni: Teilnahme am Nordfriesenfest in Bredstedt. Gedicht „Wer je gelebt in Liebesarmen"; Märchenszene „Schneewittchen".

1846 15. September: Eheschließung mit Constanze Esmarch in Segeberg.

1847 Liebesverhältnis zu Dorothea Jensen. Gedichtzyklus mit „Rote Rosen" und „Mysterium" (erst posthum veröffentlicht). Erste Prosaskizze „Martha und ihre Uhr".

1848 Anfang: Dorothea Jensen verläßt Husum. 25. Februar: Geburt des ersten Sohnes Hans. März: Beginn der Schleswig-Holsteinischen Freiheitsbewegung. Entstehung der Gedichte „Ostern" und „Oktoberlied"; Skizze „Im Saal". Storm Sekretär des „Patriotischen Hülfsvereins".

1849 Novelle „Immensee" (erste Fassung). Kindermärchen „Der kleine Häwelmann". Mai: Petition, die Personalunion mit Dänemark aufzuheben und den dänischen König der Herzogkrone für verlustig zu erklären, unterschrieben. 5. Oktober: Storm Mitunterzeichner der Protestadresse gegen die Aufhebung des Staatsgrundgesetzes.

1850 Juni: Mitglied des Wahlkomitees, das die Wahl der schleswig-holsteinischen Landesverwaltung in Husum vorbereiten sollte. 24./25. Juli: Schleswig-holsteinische Truppen bei Idstedt von den Dänen geschlagen. Gedicht „Im Herbste 1850" entstanden. November: Briefwechsel mit Eduard Mörike.

1851 30. Januar: Geburt des Sohnes Ernst. Erste Buchausgabe: „Sommergeschichten und Lieder" bei Duncker in Berlin. „Hinzelmeier" (Märchen).

1852 8. Mai: Londoner Protokoll. Stroms Bestallung als Rechtsanwalt wird vom dänischen König aufgehoben. Storm sucht eine neue Stellung in Gotha, Buxtehude und im preußischen Justizdienst. Dezember: Reise nach Berlin. Bekanntschaft mit den Mitgliedern des „Tunnels über der Spree". Ende 1852: Erste selbständige Ausgabe seiner „Gedichte" (bei Schwers in Kiel), u. a. mit den Gedichten „Die Stadt" (Am grauen Strand, am grauen Meer . . .") und „Hyazinthen".

1853 März: Beginn des Briefwechsels mit Theodor Fontane. 10. Juni: Geburt von Karl. September: zweite Reise nach Berlin. 18. Oktober: Ernennung zum preußischen Gerichtsassessor. November: Beginn des Briefwechsels mit Paul Heyse. Dezember: Übersiedlung von Husum nach Potsdam.

1854 Novellen „Ein grünes Blatt" und „Im Sonnenschein". Gedicht „Für meine Söhne".

1855 10. Juni: Geburt der Tochter Lisbeth. 15./16. August: Besuch bei Mörike in Stuttgart. Novelle „Angelika".

1856 „Gedichte" (2. Aufl. Schindler, Berlin), u. a. mit den Gedichten „Gräber an der Küste" und „Meeresstrand". 4. Mai: Begegnung mit Ludwig Pietsch wegen der Illustrierung von „Immensee".
Juli: Ernennung zum Kreisrichter in Heiligenstadt. September: Umzug von Potsdam nach Heiligenstadt.

1857 Freundschaft mit Landrat Alexander von Wussow. Humoristische Erzählung „Wenn die Äpfel reif sind".

1859 Novelle „Auf dem Staatshof". März: Gründung eines Gesangvereins in Heiligenstadt. Anthologie „Deutsche Liebeslieder seit Joh. Chr. Günther".

1860 Geburt der Tochter Lucie. Novelle „Späte Rosen".

1861 Novellen „Drüben am Markt" und „Veronika".

1862 Spukgeschichtensammlung „Am Kamin". Novellen „Auf der Universität" und „Unter dem Tannenbaum".

1863 24. Januar: Geburt der Tochter Elsabe. Novelle „Abseits". 15. November: Tod des dänischen Königs Friedrich VII. Proklamation des Erbprinzen Friedrich von Augustenburg zum Herzog eines selbständigen Schleswig-Holstein. Storms Gedicht „Und haben wir unser Herzoglein . . ."

1864 Januar: preußisch-österreichisches Ultimatum an Dänemark und Beginn des Krieges. Februar: Wahl Storms zum Landvogt im Landkreis Husum. 12. März: Rückkehr nach Husum (Süderstraße Nr. 12). 18. April: Eroberung der Düppeler Schanzen. Wiedergründung des Gesangvereins. 20. Juli: Ende des Krieges: Schleswig-Holstein unter gemeinsamer Verwaltung von Preußen und Österreich (später festgelegt durch die Gasteiner Konvention vom 14. August 1865). Märchen „Bulemanns Haus".

1865 4. Mai: Geburt der Tocher Gertrud. 20. Mai: Tod seiner Frau Constanze. Zyklus „Tiefe Schatten". 5. bis 13. September: Gast bei dem russischen Dichter Iwan Turgenjew in Baden-Baden. Novelle „Von Jenseit des Meeres". Märchen „Der Spiegel des Cyprianus".

1866 Krieg zwischen Preußen und Österreich; 4. Juni: Einmarsch preußischer Truppen in Holstein, 3. Juli: Königgrätz. Beide Herzogtümer preußisch. 13. Juni: Eheschließung mit Dorothea Jensen (1828–1903).

1867 August: Besuch bei Klaus Groth in Kiel. Oktober: Umzug in das Haus Husum, Wasserreihe 31 (heute: Museum). Novellen: „In St. Jürgen" und „Eine Malerarbeit".

1868 Nach Aufhebung des Landvogt-Amtes wird Storm Amtsrichter; er verliert ein Drittel seines Gehalts und muß die untere Etage seines Hauses vermieten. Gedicht „Wer der Gewalt genüber steht". 4. November: Geburt der Tochter Friederike (Stiefmutterprobleme gelöst). Erste Ausgabe der „Sämtlichen Schriften" bei Westermann. Gedicht „Beginn des Endes".

1870 Deutsch-Französischer Krieg. Storm spricht sich gegen den Krieg aus, lehnt Abfassung von „Schutz- und Trutzliedern" ab, hat „mehr Begeisterung für den Kampf im Staate als für den um seine Grenzen". Anthologie „Hausbuch aus deutschen Dichtern seit Matthias Claudius".

1871 „Zerstreute Kapitel" (mit „Amtschirurgus-Heimkehr", „Zwei Kuchenesser der alten Zeit" und „Eine Halligfahrt").

1872 Novelle „Draußen im Heidedorf" (Durchbruch zu einem Realismus „ohne den Dunstkreis einer bestimmten ‚Stimmung' "). August: Reise nach Salzburg (Schloß Leopoldskron).

1873 Weitere „Zerstreute Kapitel" (mit „Lena Wies" und „Von heut und ehedem").

1874 Ernennung zum Oberamtsrichter, 14. September: Tod des Vaters. Novellen „Viola tricolor", „Beim Vetter Christian", „Pole Poppenspäler", „Waldwinkel".

1875 Novellen „Ein stiller Musikant", „Psyche" und „Im Nachbarhause links". Gedicht „Über die Heide".

1876 Novelle „Aquis submersus". August: Reise nach Würzburg zu seinem ältesten Sohn Hans.

1877 Februar: zweite Reise nach Würzburg, um Hans durchs medizinische Examen zu bringen. Begegnung mit dem Literaturwissenschaftler Professor Erich Schmidt (Briefwechsel). März: Beginn des Briefwechsels mit Gottfried Keller. „Meine Erinnerungen an Eduard Mörike".

1878 Novellen „Carsten Curator" und „Renate". Juli: Reise nach Varel zum Sohn Karl.

1879 Ernennung zum Amtsgerichtsrat. Novellen „Zur Wald- und Wasserfreude", „Im Brauerhause", „Eekenhof". 28. Juli: Tod der Mutter. Gedicht „Geh nicht hinein".

1880 1. Mai: vorzeitige Pensionierung. Verkauf des Hauses Wasserreihe 31 und des Elternhauses. Übersiedlung nach Hademarschen: Bau einer „Altersvilla". Novelle „Die Söhne des Senators". Juni: Besuch von Wilhelm Jensen und Wilhelm Petersen.

1881 30. April: Einzug in die Altersvilla. Novelle „Der Herr Etatsrat". September: Besuch von Paul Heyse. Zurückgezogenes „Vorwort" (Novellentheorie).

1882 Novelle „Hans und Heinz Kirch". Silvester: Besuch von Erich Schmidt.

1883 Novelle „Schweigen". Verleihung des Maximilianordens.

1884 Mai: Reise nach Berlin. Begegnung u. a. mit Theodor Fontane, Theodor Mommsen, Alexander von Wussow, Ludwig Pietsch; Festbankett zu Ehren Storms. Novellen „Zur Chronik von Grieshuus", „Es waren zwei Königskinder".

1885 Novellen „John Riew' ", „Ein Fest auf Haderslevhuus".

1886 Mai: Reise nach Weimar. Besuch bei Erich Schmidt (damals Direktor des Goethe-Archivs), Audienz beim Großherzog. Novelle

„Bötjer Basch". Beginn der Arbeit am „Schimmelreiter". Fünfmonatige Krankheit (Oktober 1886 bis Februar 1887). 3. Dezember: Tod des Sohnes Hans.

1887 Novellen „Ein Doppelgänger" und „Ein Bekenntnis". August: Aufenthalt auf Sylt; Fragment „Sylter Novelle". Feiern zum 70. Geburtstag in Hademarschen. Magenkrebs.

1888 Novelle „Der Schimmelreiter". Fragment „Die Armesünderglokke". Am 4. Juli gestorben, am 7. Juli in der Familiengruft auf dem St.-Jürgen-Friedhof in Husum beigesetzt.

II. STORM ALS NOVELLIST

Es ist wohl unmöglich, für alle literarischen Produkte einen verbindlichen Begriff zu erarbeiten; gerade mit der Novelle ist es besonders problematisch, da sie als eine Form der Erzählung nur unzulänglich gegen andere Erzählformen abgegrenzt werden kann. Insbesondere die Verwandtschaft längerer Novellen zum Roman bereitet da Schwierigkeiten. In der literaturwissenschaftlichen Forschung wird allerdings von *der Novelle* gesprochen, wobei unklar bleibt, ob es sinnvoll ist, von einem idealen Typus dieser Gattung auszugehen, wo doch das vorliegende literarische Material, das die Literaturtheorie beschreiben will, nicht nach den Gesetzmäßigkeiten einer Novellendefinition verfaßt worden ist, sondern vom jeweiligen Schriftsteller nach seiner je eigenen subjektiven Vorstellung von dem, was er als die für ihn geeignete Form erachtete.

Der Begriff „Novelle" stammt aus der Sprache der Juristen und bezeichnet einen Nachtrag, der als eine Neuigkeit einer Urkunde hinzugefügt wurde. Im Zeitalter des Humanismus übertrug man diesen Begriff auf eine bestimmte Gattung von kürzeren Erzählungen; insbesondere die von Giovanni Boccaccio um 1350 geschriebenen Erzählungen des *Decamerone* galten in späterer Zeit als Musterbild der Gattung.

Ein Merkmal vieler Novellen ist neben der kurzen Form die besondere Kompositionsart, die auf ein Ereignis hin zielt und alle Teilaspekte auf diesen Höhepunkt hin reduziert. In der literaturwissenschaftlichen Forschung setzt sich heute die Meinung durch, daß man nicht von einem Urtypus von Novelle sprechen kann, sondern daß es sehr viel unterschiedliche Novellen gibt, die gewisse ähnliche Merkmale aufweisen.

Es gibt Novellen in Versform, doch zumeist wird es sich um Prosaerzählungen handeln, in der eine neue, meist bemerkenswerte Begebenheit, zumeist ein Konflikt, in einer begrenzten und geschlossenen Form dargeboten wird. Im Gegensatz zum Märchen handelt es sich um eine tatsächliche oder zumindest mögliche Begebenheit, auch wenn phantastische Elemente vorkommen. Der Novelle fehlt die epische Breite des Romans, es ist jedoch möglich, daß sich in der häufig verwendeten Rahmenhandlung der Erzähler kommentierend und raisonierend zu Wort meldet. Durch den strengen tektonischen Aufbau ist die Novelle dem Drama verwandt und Theodor Storm hat sie „Schwester des Dramas" genannt.

Wir wollen Storm hier zitieren, der auf eine mißverstandene Kritik ein Vorwort zur Rechtfertigung der Novelle geschrieben hat, das aber nach Klärung des Mißverständnisses nicht veröffentlicht wurde.

Eine zurückgezogene Vorrede aus dem Jahre 1881

Nach einer Zeitungsnotiz hat neuerdings einer unserer gelesensten Romanschriftsteller bei Gelegenheit einer kürzeren, von ihm als „Novelle" bezeichneten Prosadichtung die Novelle als ein Ding bezeichnet, welches ein Verfasser dreibändiger Romane sich wohl einmal am Feierabend und gleichsam zur Erholung erlauben könne, an das man aber ernste Ansprüche eigentlich nicht stellen dürfe.

Ob die so eingeleitete Arbeit einer solchen Herabsetzung ihrer Gattung bedurfte, vermag ich nicht zu sagen. Indessen sei es mir gestattet, wie vordem bei Gelegenheit meines „Hausbuches aus deutschen Dichtern" zur Lyrik, so hier zur Novellistik, als der Dichtungsart, welche die spätere Hälfte meines Lebens begleitet hat, auch meinerseits ein Wort zu sagen.

Die Novelle, wie sie sich in neuerer Zeit, besonders in den letzten Jahrzehnten, ausgebildet hat und jetzt in einzelnen Dichtungen in mehr oder minder vollendeter Durchführung vorliegt, eignet sich zur Aufnahme auch des bedeutendsten Inhalts, und es wird nur auf den Dichter ankommen, auch in dieser Form das Höchste der Poesie zu leisten. Sie ist nicht mehr, wie einst, „die kurzgehaltene Darstellung einer durch ihre Ungewöhnlichkeit fesselnden und einen überraschenden Wendepunkt darbietenden Begebenheit"; die heutige Novelle ist die Schwester des Dramas und die strengste Form der Prosadichtung. Gleich dem Drama behandelt sie die tiefsten Probleme des Menschenlebens; gleich diesem verlangt sie zu ihrer Vollendung einen im Mittelpunkt stehenden Konflikt, von welchem aus das Ganze sich organisiert, und demzufolge die geschlossenste Form und die Ausscheidung alles Unwesentlichen; sie duldet nicht nur, sie stellt auch die höchste Forderung der Kunst.

Daß die epische Prosadichtung in dieser Weise gipfelt und gleichsam die Aufgabe des Dramas übernommen hat, ist nicht eben schwer erklärlich. Der Bruchteil der Nation, welchem die Darstellung der Bühne zugute kommt, wird mit jedem Tag kleiner, hinter dem wachsenden Bedürfnis bleibt die Befriedigung immer mehr zurück; dazu kommt, daß gerade die poetisch wertvollen neueren Dramen nur selten die Bühne erreichen oder nach dem ersten Versuche wieder davon verschwinden, sei es wegen der Unzulänglichkeit unserer deutschen Schauspieler oder weil, vielleicht im Zusammenhange mit dem ersterwähnten Umstande, den Dichtern ein gewisses praktisches Verständnis für die Darstellbarkeit abging. So haben sich denn andere Leute der Bühne bemächtigt, und man begnügt sich dort lieber mit Sachen, welche den besten der Iffland-Kotzebue-Periode nicht einmal das Wasser reichen; aber was solcherweise der dramatischen Schwester entzogen wurde, ist der epischen zugute gekommen.

Im übrigen geht es mit der Novellistik wie mit der Lyrik; alle meinen es zu können, und nur bei wenigen ist das Gelingen, und auch dort nur in glücklicher Stunde.

– Wenn ich mit Vorstehendem diese neuen Bände der Gesamtausgabe meiner Schriften einleite, so habe ich damit nur die Ziele bezeichnen wollen, welche in der Novellistik zu erreichen sind; inwiefern von mir selber in dieser Richtung hie und da etwas erreicht worden, will ich denen, die nach uns kommen, zur Entscheidung überlassen; denn so viel ist gewiß, der einzige Probierstein des poetischen Werkes ist die Dauer.

Hademarschen, im Juni 1881.

Th. Storm [1])

---

[1]) Nach Werke, Leipzig 1923, Band 8, S. 122 f.
„Es war zu Storms Ohren das falsche Gerücht gedrungen, Georg Ebers habe im Vorwort zu seiner kleinen Erzählung ‚Eine Frage' sich geringschätzig über die ganze Gattung der Novelle geäußert. Ohne der Wahrheit dieses Geredes nachzuforschen, schrieb Storm höchst erregt eine Verteidigung der angeblich geschmähten Dichtgattung und bestimmte den Aufsatz zum Vorwort des elften Bandes seiner gesammelten Werke." (Anmerkungen, S. 296.)

Die Würdigungen, die der Schriftsteller Storm, der neben bedeutender Lyrik gerade die Novelle zur Blüte entwickelt hat, in der Literaturkritik erfahren hat, soll durch die folgenden Beispiele dokumentiert werden.

Wir beginnen mit einem Auszug aus der Literaturgeschichte der DDR, in der Storms Werk vom marxistischen Standpunkt aus bewertet wird. Das nächste Dokument ist ein Auszug aus einem Essay von Georg Lukaćs aus dem Jahre 1911, also aus einer Zeit vor der Wende zum Marxismus und damit zur materialistischen Interpretationsweise. Es folgt eine Würdigung Thomas Manns, die er einer von ihm besorgten Storm-Ausgabe vorangestellt hat. Das letzte Dokument von Fritz Martini soll die Wertungen repräsentieren, die nach dem Zweiten Weltkrieg von der Germanistik der Bundesrepublik hervorgebracht wurden.

a) Geschichte der deutschen Literatur (1975)

Theodor Storm – Spannung von Ernüchterung und poetischem Gegenentwurf

Für Storms Heimat bedeutete die Reichsgründung die Stabilisierung der Verpreußung. Die Eingliederung des patrizisch-bäuerlichen Schleswig-Holstein in den Kapitalisierungsprozeß unter junkerlicher Staatsgewalt mußte wesentlich dazu beitragen, ihm das an demokratische Hoffnungen gebundene Heimatbild als „schöne alte Zeit" erscheinen zu lassen. Nach anfänglicher, obgleich reservierter Bejahung des Verteidigungskrieges gegen Frankreich distanzierte sich der Dichter nachdrücklich von dem Siegestaumel, der nach der Schlacht bei Sedan ausbrach. Storm haßte den Krieg und war erfüllt vom „Ekel, einer Gesellschaft von Kreaturen anzugehören", die sich „von Zeit zu Zeit" gegenseitig vertilgen. Er lehnte auch das Bündnis von Bourgeoisie und Junkertum und den neuentstandenen Nationalstaat ab: nicht aus provinziell-partikularistischer Haltung, sondern wegen seines – wie es ihm schien – feudalistischen Charakters.

Weltanschaulich-künstlerische Entwicklung nach 1870

Die tiefempfundene Enttäuschung über eine Entwicklung, die die Kluft zwischen Individuum und Gesellschaft, humanistischem Postulat und kunstfeindlicher Realität augenscheinlich machte, äußerte sich – wie bei allen bürgerlichen Humanisten – auch bei Storm in einer fortschreitenden weltanschaulichen Desillusionierung und gesellschaftlichen Ausgliederung. Seine auf die Befreiung des Geistes von konventionell-religiösen Dogmen bedachte Haltung, sein Wille zu humanistischer Lebensbehauptung verbanden sich nun mit einem schon deterministisch gefärbten Bewußtsein des Ausgeliefertseins, einer ernüchterten, vom Sozialdarwinismus beeinflußten und geprägten Überzeugung, daß alles Kreatürliche an grausame Daseinsgesetze gebunden sei. Der für Storm unaufhebbare Widerspruch einer aufs subjektiv-poetische Welterleben gegründeten, emotional intensivierten Lebensbejahung und der angstvollen Empfindung einer anonymen Bedrohung des humanistischen, poesiefähigen Daseinsbereichs prägte sich seinem Weltbild ein und wurde zum Spannungsfeld seines Dichtens. Noch der letzte Satz des „Schimmelreiters" bringt diese Polarität ins Bild: „[. . .]beim goldensten Sonnenlichte, daß über einer weiten Verwüstung aufgegangen war", reitet der Erzähler in den neuen Morgen hinein.

Dieser Polarität wich Storm nach krisenhaftem Neubeginn zu Beginn der siebziger Jahre noch aus; es entstanden kleinere Prosaarbeiten zum Teil autobiographischer Färbung, die in das Kleinstadtidyll seiner Kindheit führen. Sie wurde dann zum tragenden Element der großen Novellen seiner Spätzeit; anknüpfend an die Heiligenstädter Erzählungen, gewann hier das Stimmungselement durch die Konfrontation der Innenwelt des Menschen mit feindlichen gesellschaftlichen Mächten einen Grad der Intensivierung, wie er in der zeitgenössischen Literatur vielleicht nur von Turgenjew (mit dem Storm bis Ende der siebziger Jahre im Briefwechsel stand) erreicht worden ist.

Die eigentümliche Verbindung von poetischer Stimmungsentfaltung und partieller gesellschaftlicher Konfliktaufnahme, die Spannung von Ideal und Illusionszerstörung mußte für den Humanitätsanspruch wie für den Wirklichkeitsgehalt von Storms Spätwerk Konsequenzen haben: Die Steigerung poetischer Aussagekraft erfolgte bei gleichzeitigem Infragestellen der Verwirklichungsmöglichkeit humanistischer Maximen. So tragen manche seiner vereinsamten und als Gegenentwurf zur bedrohend empfundenen zeitgenössischen Realität gestalteten Helden naturhaft ungebärdige, ausgeprägt individualistische, zuweilen grausame Züge. (Von hier aus tangieren sie in der äußerlichen Erscheinung das Menschenbild der „Gründerzeitliteratur").

Die in die vereinzelte Existenz verwiesene Bewahrung humanistischer Idealität erforderte andererseits einen poetischen Entfaltungsraum, den Storm annähernd nur in kleinstädtisch-dörflicher Abgeschiedenheit, am beispielhaftesten in phantasieerfüllter Vergangenheit fand – in Territorien, die die zerstörerischen gesellschaftlichen Kräfte nur symbolhaft angedeutet ins Bild nehmen konnten. Das Ausweichen in beide Richtungen, in provinzielle und historische Räume, war bedingt durch das Bemühen, die ihm gemäße Form der Poesie zu bewahren. Es bedeutete – abgesehen von krisenhaften Rückgriffen in persönliche Erinnerungen während der siebziger Jahre – keine Flucht vor den Problemen der Gegenwart. Das wird an der tragischen Zuspitzung gesellschaftlich motivierter Konflikte deutlich, die in Storms späten Novellen schließlich mit tragödienhafter Konsequenz ausgetragen werden. Der gesamtgesellschaftlichen Klassensituation konnte er durch rigorose Vereinfachung der Fronten und ihre poetisch-stimmungshafte Überhöhung allerdings nicht gerecht werden. In der Durchleuchtung psychischer Vorgänge und ihrer kausalen Verknüpfung mit meist eingeschränkten sozialen Gegebenheiten erfaßte der Dichter dennoch typische Züge zeitgeschichtlicher Realität, obgleich unter Verzicht auf ihre Widerspruchsfülle.

Geschichte der deutschen Literatur, Bd. 8.2, Berlin (Ost) 1975, S. 817 ff.

b) Georg Lukaćs (1911)

Lyrik und Epik sind Storms Formen, oder noch bestimmter, Lyrik und Novelle. Denn Storm ließ sich nie auch nur zu einem Versuch mit anderen Formen bewegen. Seine Entwicklung brachte eine fortwährende Bereicherung seines Schauens, diese Bereicherung aber näherte seine Novellen ganz unbeabsichtigt immer mehr dem Roman. Und Keller, der nie einen prinzipiellen Unterschied zwischen Roman und Novelle anerkennen wollte, riet ihm oft, er solle seine Stoffe nicht so stark vereinfachen, er solle nicht so viel weglassen, nicht so stark distanzieren, damit aus diesen Stoffen in ihrer natürlichen Ausdehnung Romane werden könnten. In dieser Frage hörte Storm nicht auf den Rat des Freundes und blieb stets bei seiner Novellenform. Freilich nähert sich schon sein Begriff von der Novelle vielfach dem alten Romanbegriff und ist in vielem das Gegenteil jenes der alten, echten Novelle. In einem unterdrückten Vorwort wendet er sich polemisch gegen die alte Definition der Novelle, daß diese eine kurzgehaltene Darstellung einer durch ihre Ungewöhnlichkeit fesselnden und einen überraschenden Wendepunkt darbietenden Begebenheit sei. Und er behauptet, die moderne Novelle sei die strengste geschlossene Form der Prosadichtung, die Schwester des Dramas, welche, wie jenes die tiefsten Probleme ausdrücken könne. Da das poetische Drama von der modernen Bühne verdrängt werde, sei sie sogar berufen, dessen Erbe anzutreten.

Storm greift hier der modernen, impressionistischen Entwicklung vor, welche die Novelle ganz verinnerlicht, den alten Rahmen ausschließlich mit seelischem Inhalte füllt; jener Umwandlung, welche – in ihrer letzten Konsequenz – jede starke Konstruktion und jede Form in das leise und feine, nur vibrationsartige Nacheinander von psychologischen Übergängen auflöst. Die moderne Novelle – ich weise als auf den charakterischsten Typus in erster Reihe auf die Jünger Jacobsens hin – überschreitet inhaltlich die Möglichkeit der Novelle. Die Themata werden feiner, tiefer, umfassender und wuchtiger, als daß sie Platz hätten in der Novellenform, und darum – im ersten Moment erscheint dies paradox – werden diese Novellen weniger tief und fein, als die einfachen alten Novellen gewesen sind. Denn ihre Feinheit und Tiefe beruht einzig auf dem rohen und unverarbeiteten Stoffe, darauf, wie die Menschen und wie ihre Schicksale sind und darauf, daß diese den Lebensgefühlen der modernen Menschen verwandt sind. Das Wesen der Novellenform ist kurz gefaßt: ein Menschenleben durch die unendlich sinnliche Kraft einer Schicksalsstunde ausgedrückt. Der Unterschied der Ausdehnung der Novelle und des Romans ist nur ein Symbol des wahren, tiefen und die Kunstgattung bestimmenden Unterschiedes; dessen, daß der Roman die Totalität des Lebens auch inhaltlich gibt, indem er den Menschen und sein Schicksal in den vollen Reichtum einer ganzen Welt hineinstellt, die Novelle dies aber nur formal tut, durch eine derart stark sinnliche Gestaltung einer Episode des Lebens, daß neben deren Allumfassen alle andern Teile des Lebens überflüssig werden. Die inhaltliche Vertiefung und Verfeinerung nimmt nun einerseits der entscheidenden Situation der Novelle die frische und die starke Sinnlichkeit; zeigt anderseits die Menschen so mannigfaltig und in so mannigfaltigen Beziehungen, daß es kein Ereignis mehr gibt, welches sie ganz ausdrükken könnte. So entsteht eine neue Kunstgattung, eine – wie jede durch die moderne Entwicklung geschaffene – widersinnige Gattung, eine solche, deren Form die Formlosigkeit ist. Denn was so gewonnen und erreicht werden kann, ist nicht mehr als einige Episoden aus einem Menschenleben; die Episoden können aber nicht mehr symbolisch werden (wie in der Novelle), und das Ganze ist nicht so stark, um ein besonderes geschlossenes, alles umfassendes Universum sein zu können (wie der Roman). Somit erinnern diese Novellen an wissenschaftliche Monographien, ja noch mehr an Skizzen zu Monographien. Ihr Wesen ist kunstfeindlich – wenn ihre Mittel auch wirklich künstlerisch sind – weil das Ganze niemals eine von dem konkreten Inhalt unabhängige, durch die Form bewirkte Empfindung auslösen kann; eine Empfindung, welcher deshalb die Veränderung unserer Ansichten über den Inhalt nichts anhaben kann. Die Wirkung dieser Werke fußt, wie der der wissenschaftlichen Werke, einzig und allein auf dem Inhalt, auf jenem dem Wesen nach mehr wissenschaftlichen Interesse, welches die in ihnen zusammengetragenen neuen Beobachtungen wecken können. Diese Schriften (dies ist die Probe, nicht der Beweis dieser Ausführungen) verlieren den Sinn, wenn ihre Beobachtungen veralten, ja schon dann, wenn sie allbekannt geworden sind und nicht mehr mit dem Reiz der Neuheit wirken. Und zwischen Kunstwerk und wissenschaftlichem Werk ist der ausschlaggebende Unterschied vielleicht der: das eine ist endlich, das andere unendlich; das eine geschlossen, das andere offen; das eine ist Zweck, das andere Mittel. Das eine ist – wir beurteilen die Sache jetzt von den Folgen aus – unvergleichbar, etwas Erstes und Letztes, das andere wird durch jede bessere Leistung überflüssig gemacht. Kurz gefaßt: das eine hat Form, das andere nicht.

Storm muß irgendwie diese Gefahr gefühlt haben und er hat sich wohl deshalb mit so ängstlicher Sorge vom Roman ferngehalten. Als ob er gefühlt hätte, was ihm zu einem wahren großen Romancier fehle, warum seine Themata notgedrungen Novellenthemata sind, welche zu einem Roman weder ausgeweitet werden können, noch dürfen.

[. . .]

Die Einheit des Tons wird erreicht durch die Einheit des Vortrages, die epische Form durch das Zurückgreifen auf die unmittelbare Erzählung als Form, auf diese tiefste und primitivste Form der Epik, die ihre Existenzbedingungen bestimmt. Unter Storms Novellen gibt es kaum einige, die nicht in einen Rahmen gestellt sind; die er selbst und nicht ein zu diesem Zweck erfundener Mensch, aus der Erinnerung erzählt oder aus Aufzeichnungen und Chroniken zusammenstellt. Wenn er aber einmal doch selbst erzählt, tut er, als ob er alle einzelnen Züge aus seiner Erinnerung hervorhole, oder jemandem ein merkwürdiges Erlebnis aus seinem Leben erzähle. Dies ist die Neubelebung der alten Tradition der Erzählung (auch auf Keller und Meyer könnte man sich berufen), die künstliche Wiederherstellung des ursprünglichen Wesens der Novelle. Und für Storm war dies nicht nur ein interessanter Rahmen; in seiner Produktion spielt der mündliche Vortrag, dieser bescheidene Überrest der wirklichen epischen Kultur, eine Rolle, die nicht hoch genug eingeschätzt werden kann. Für ihn bedeutete der mündliche Vortrag das Kriterium, ob die Stimmung, die er gestalten wollte, in seinen Werken auch wirklich Ausdruck gefunden habe. Doch dieser Vortrag verstärkt freilich nur die Wirkung, die unmittelbar von der Rahmeneinfassung ausgeht, seine wirkliche Bedeutung ist viel größer als die harmonische Unmittelbarkeit des erzählenden Tones. Das Wesen ist, kurz gefaßt, vielleicht dies: es wird eine Distanz geschaffen, von der aus der Zwiespalt von Innen und Außen, von Tat und Seele nicht mehr sichtbar ist. Das Wichtigste ist: die Erinnerung – denn dies ist die typische Form der Rahmenerzählung – zergliedert die Dinge nicht, kennt selten ihre wirklichen Motive und keinesfalls drückt sie das Ereignis in dem Nacheinander leiser, kaum merkbar sich wandelnder, seelischer Vibrationen aus. Daraus folgt, daß die Ereignisse in der Form von sinnlich scharf geschauten Bildern oder Dialogfragmenten, die doch alles enthalten, erzählt werden. Die Erinnerung und die natürliche Technik der Erzählung von Erinnerungen führt zu einer anderen, ebenfalls sichern und starken Form der Epik: zur Ballade. Was diese Novellen an wirklich Novellenhaftem eingebüßt haben, das ersetzt dieser Zug ins Balladeske. Er verhindert die Ausdehnung zum Roman (die die Armut der hier erfaßten Welt nicht vertrüge) dadurch, daß aus der Novelle jede Analyse ausgeschlossen und die sinnliche Wucht und symbolische Bedeutung festgehalten wird. Und auf der andern Seite mildert dies Distanzieren die Zerrissenheit der Ereignisse und ihre im Verhältnis zum Seelenleben der Personen allzu große Härte. Diese scharf geschauten Bilder fügen sich auch untereinander zu vollkommener Harmonie zusammen. Denn im Erzähler lebt nur noch jener Teil der Ereignisse, welcher sie zu einer Einheit verknüpft; lebt nur das Erlebnis, welches daraus für ihn bedeutsam wurde; nur das also, was das Zentrum des Aufbaus geworden ist. Und noch eins: auch die Technik der Menschendarstellung wird dadurch sinnlicher; in der Erinnerung bleibt vom Wesen des Menschen nur das haften, was sichtbar und hörbar ist, und auf Grund dieser Züge bildet sich langsam das Typische und das Allgemeine heraus. Der Weg dieser Menschendarstellung ist der umgekehrte wie der der modernen Novellisten: diese nämlich beginnen mit dem grauen Grundton, mit den allergemeinsten, alltäglichsten Zügen der Menschen und heben ihn durch ihre allzu nuancierte Verfeinerung des Hauptthemas von dem Hintergrund ab. Wenn demnach Storm die inhaltliche Ausdehnung ihrer Seelenschilderung nicht erreicht, so ist doch seine Psychologie ganz Form geworden, während die reichere Welt der Modernen im Bereich des Unverarbeiteten bleibt.

Und doch: auch diese Lösung zeigt, daß Storm eine Entwicklungsreihe abschließt. Eine Generation nach ihm wäre seine Psychologie schon Oberflächlichkeit, seine Lebensauffassung eine Abwendung vom lebendigen Leben gewesen. Da existierten schon die einfachen und sinnlich-eindrucksvollen Verhältnisse, die den Hintergrund seiner Erzählungen bilden, kaum noch in der Erinnerung. Da hätte jemand, dessen Schauen und Sehen auf Storms Stufe geblieben wäre, sich dem Familienblatt-Ton nähern müssen, während der Versuch einer stärkeren Analyse, einer Einbeziehung von tieferen Problemen das auf Messers Schneide schwebende Gleichgewicht der Stormschen Epik bedroht oder sogar gestürzt hätte. Denn Storms Stillösung ist keine Lösung, die unmittelbar aus dem eigentlichen Wesen seiner Stoffe folgt, sondern eine Harmonie, die aus seinen persönlichsten Möglichkeiten geschöpft ist, die die nach tausend Seiten ziehenden Tendenzen mit großer Feinheit und unendlicher Sorgfalt im Gleichgewicht hält. Storms epische Kunst ist trotz aller formalen Vollendung doch kein „art robuste" (wie z. B. die des Maupassant). Er ist wirklich der stille Goldschmied und silberne Filigranarbeiter der modernen Novelle, was nach unten und nach oben zugleich seinen Wert bestimmt. Er steht an der Grenze und ist der Letzte der großen deutschen bürgerlichen Literatur. In ihm und in der Welt, die er zeichnet, ist nichts mehr von der Monumentalität der großen alten Epik, wie sie noch Jeremias Gotthelf hatte, und die Stimmung des Verfalls, die diese Welt umgibt, ist noch nicht stark und bewußt genug, um wieder monumental zu werden, wie sie es in Thomas Manns „Buddenbrooks" wurde.

Georg *Lukaćs:* Bürgerlichkeit und L'art pour l'art: Theodor Storm, Frankfurt/Main, 1971, S. 107 ff.

c) Thomas Mann (1953)

Ich habe sie wieder angesehen, die beiden geist- und kunstbeschwerten Häupter, in denen die Novelle des neunzehnten Jahrhunderts auf einen höchsten Stand ihres Anspruchs und ihrer Vollendung kam. Wirklich, es sind Bruderhäupter, differenziert durch das Klima ihrer Geburt und ihres Talentes. Storm: ein vergeistigter Schifferkopf, etwas schräg gehalten, Wetterfältchen in den Winkeln der zugleich träumerischen und spähenden blauen Augen, die Bitternis hochbedürftiger und skrupulöser Anstrengung um den Mund, typisches Platt-Deutschland, und man hört die etwas dünne, gemütvoll-schwerfällige Sprechweise der „Heimat", diesen Timbre und Tonfall, in dem ein nervöser und klagender Widerstand gegen alles nicht Heimatliche, auch das gleich hinter Husum und Hademarschen beginnende, sich auszudrücken scheint. Turgenjew: slawische Künstlermelancholie, nicht ganz ohne Posiertheit, es fehlt nicht die Stirnlocke, das Auge grau, weich und tief verschwimmend – aber eine Chopinsche Mondänität des Schmerzes bildet das Fluidum, man spürt Paris, Baden-Baden, Bougival, die Welt, die Gesellschaftsliteratur, europäisches Pro-

saistentum. Theodor Storm hätte die Verführung des reinen Gefühls durch das abgefeimt Gesellschaftliche, die Bestrickung Ssanins durch Maria Nikolajewna in „Frühlingsfluten", nicht zu schildern gewußt, und auch die elende Komik des Gatten Polosow wäre ihm kaum gelungen. Von seiner Hand konnte kein europäisches Meisterwerk von der Art des Gesellschaftsromans „Väter und Söhne" kommen, worin der geistig-politische Typus des Nihilisten geprägt wurde und das, präzis, virtuos und durchsichtig von Vollendung umflossen, in einem weiteren und helleren Raume steht als des Holsteiners ernste und spröde, in Nebelfeuchte gehüllte und gegen das Abergläubisch-Mystische nachgiebige Dichtung, der nordheidnische Spuk des „Schimmelreiters". Aber wiederum: es ist hier, eben im „Schimmelreiter", den Storm als Siebzigjähriger, als ein von der Todeskrankheit schon Überschatteter, schrieb, zum Schlusse etwas erreicht an Urgewalt der Verbindung von Menschentragik und wildem Naturgeheimnis, etwas Dunkles und Schweres an Meeresgröße und -mystik, das Turgenjew bei aller feinsten Naturempfindlichkeit auch nur anzustreben sich nicht hätte getrauen dürfen. Wer möchte leugnen, daß er als Erzähler und Psychologe die schärferen, leichteren, von Kritik und Satire gelockerten Kunstreize besitzt. Aber die „Gedichte in Prosa" wiegen bei aller Stimmungskraft Storms lyrisches Werk nicht auf, diese Liebes-, Erinnerungs- und Abschiedsgedichte, die auf durchaus zauberhafte Weise bis in jeden Silbenfall durchtränkt sind mit Innigkeit und deren Gefühlsweichheit gebändigt wird von einem Wahrheitssinn, der sie gegen das Sentimentale sichert und das männliche Wesen der Kunst überhaupt beweist.
Thomas *Mann*: Einführung. In: Th. Storms Novellen, Bd. 1, Frankfurt/M. 1953, S. VI f.

d) Fritz Martini (1962), ohne Anmerkungen

Die Entwicklung des Erzählers

Das Erzählen von Theodor Storm schien lange auf eine schmale persönliche Erlebnisbasis eingegrenzt zu bleiben. Seine künstlerische Welt erschien beschränkt auf fragmentarische Situationen, auf das einzelne Bild und Geschick und die gedämpften Nuancen eines innerseelischen, im Traumhaften verdämmernden Geschehens. Seine natürliche Erzählform wurde die Novelle. Sie hat sich erst in seinem Spätwerk zu einem zunehmenden und in das dinglich und psychologisch Tatsächliche vertieften

Umfang erweitert. Er hat sie im „Schimmelreiter" bis zum Romanhaften gedehnt. Die Novelle entsprach der Subjektivierung seiner Weltauslegung, ihrer Bescheidung im vertrauten und verengten Kreis; sie entsprach seiner Neigung zum psychologisch Innerlichen und zur Symbolsprache des Irrationalen. In ihr sprach sich ein schauend-fühlendes und stimmungshaftes Weltverhältnis aus, dem das gedankliche Erfassen größerer Stoffe und Zusammenhänge fernlag. Storm war sich dieser Begrenzung bewußt. Ihm war deutlich, die höchste Stufe des Klassischen fordere, „daß in den Werken eines Dichters der wesentliche geistige Gehalt seiner Zeit in künstlerisch vollendeter Form abgespiegelt ist". Der Verzicht darauf schloß jedoch eine Forderung ein: im Begrenzten die künstlerische Durchbildung, die größte Stimmungsintensität und Erlebniswahrheit zu erreichen. Storm ist es nicht immer, weder in seiner Frühzeit noch in allen Spätnovellen, geglückt, durch seine bürgerliche Bindung und deren Abdämpfen der Probleme im Subjektiv-Gefühlhaften und Versöhnlichen hindurch zur Selbstbekundung aus tieferer künstlerischer Existenzerfahrung zu kommen. Geschah dies, so erwies sich, wieweit dieser anscheinend nur bürgerliche Dichter des provinziell und stimmungshaft begrenzten Lebens über den typischen Erfahrungshorizont der Zeit hinausblickte, sich vor das Zwiespältige, Verborgene und Vieldeutige im Rätsel der Existenz gestellt sah und wieweit er das Unheimliche, ja Abgründige dieses Unbekannten erfahren hat. Wo dieser Durchbruch erfolgte, begegnet der bedeutende Erzähler. Die Geschichte seines Erzählens stellt sich als ein Reifen zur zunehmenden Bereitschaft dar, die Spannungen und Antinomien in der Welt und im Innerlichen mit einer herben Tatsächlichkeit zu sehen, ihr Tragisches in die Novelle hereinzunehmen, obwohl er sich noch in seiner Spätzeit dagegen abzuschirmen suchte: durch den Abstand der Erinnerung, die eine seiner typischen Erzählformen, zwischen Vergänglichem und Bewahren, Vergehen und innerer Wiederkehr, mit mannigfaltigen Funktionen und Variationen ausgebildet hat, durch die Hereinnahme in das Gefühlhafte, in dem ein elegischer, abdämpfender Stimmungsgenuß mitspricht, durch ein Verhüllen des Faktischen, das nur in seiner seelischen Aufnahme und Wirkung, im inneren Durchleiden, Verdämmern und Überwinden gezeigt wird. Storms Erzählen bewegte sich zwischen dem Tragischen und dem Idyllischen; wenn ihm glückte, beides zur Bild- und Stimmungseinheit zu verweben, die nicht in das Sentimentale ausglich, sondern beidem seine Wirklichkeit ließ, ergab sich die künstlerische Aussagekraft seiner Novelle.

Er hat relativ rasch zu seiner Sprache gefunden. Sie entwickelte sich am mündlichen Erzählbrauch, am Erzählgut seiner Kindheit und Heimat, an

Märchen und Spukgeschichten. Sein Erzählen hat sich trotz zahlreicher literarischer Einwirkungen durch romantische und biedermeierliche Vorformen, durch Eichendorff, E. Th. A. Hoffmann, Heine, Mörike, später auch Turgenjew, nicht von diesem ursprünglichen Erzählerbe gelöst und aus ihm Stimmungskraft und Atmosphäre, einen Bezug zum Geheimnisvollen gewonnen, der seiner Form der Erinnungs- und Erlebnissprache, ihrer Öffnung zum Unbekannten, Verdämmernden, Rätselhaft-Unheimlichen entsprach. Storm suchte im Spukhaften nicht das Dämonisch-Grausige wie Hebbel, sondern das Irrationale von Schicksalsgewalten, die sich in der engen und nahen Wirklichkeit des Lebens verbergen. Er hat diese Wirkmächte wiederholt aus einer psychologischen und biologischen Kausalität verstehen wollen, von dem Rationalismus der zeitgenössischen Naturwissenschaft beeinflußt; er hat sie zugleich jedoch als eine unfaßbare und dunkle Irrationalität des Weltzusammenhangs aufgenommen. Wie Gotthelf und Keller das Bernische und Züricher, Stifter das Böhmisch-Österreichische, Reuter das Mecklenburgische, Raabe das Niedersächsische, Fontane das Berlinisch-Märkische, hat Storm das nördlichst Deutsche, das Holsteinisch-Friesische in Landschaft, Volkstum, Gesittung und Stimmung zur Sprache gebracht und damit eine bisher fast unbekannte literarische Provinz erschlossen. Die zentrifugale Tendenz, die für die Literatur in diesem Zeitraum in Deutschland charakteristisch ist, wird bei ihm bis zum Eigensinnigen deutlich. Aus der Beschränkung des landschaftlichen Erzählraumes sprach nicht nur seine „pflanzenhafte" Verwurzelung und Sicherung im Heimatlichen. Sie enthält auch eine geschichtliche Aussage. Gegenüber der politischen, gesellschaftlichen und zivilisatorischen „Uniformierung" der „pietätlosen, nüchternen" Zeit wurde im Provinziellen, je mehr Randgebiet, um so nachdrücklicher, das Eigenständige festgehalten, das als eine poetische Eigenwelt gewertet wurde. Storms Abneigung gegen jeden Zentralismus war nicht nur ein provinzielles Sonderlingtum, nicht zur Heimatmanie, sondern ein Willen zum Autochthonen, das eine höhere, organisch beseelte Lebenswahrhaftigkeit beanspruchen konnte. Der selbstbewußte Bürger behauptete seine Unabhängigkeit in den Ordnungen des ererbten Lebensgrundes; der Erlebnisdichter behauptete die subjektive Freiheit seiner Form innerhalb der Ordnung des Gattungstypus der Novelle. Daß Storm das Heimatliche vornehmlich im Erinnern und Rückblicken aufnahm, deutet darauf, wie stark er selbst im Verhältnis zur natürlichen Heimat an das historische Bewußtsein der Zeit gebunden war, wie dies ihm ein seelisches Grundverhältnis zum Leben wurde. Denn seine Heimatbindung greift als Heimweh über das Wirkliche hinaus; sie war nicht nur eine Geborgenheit, sondern mehr eine Sehnsucht, die etwas Unstillbares hatte, „denn sie richtet sich durchaus aufs

Vergangene, Versunkene, Verlorene". Auch im Verhältnis zur Heimat öffnete sich für Storm die Schwermut der vergehenden Zeitlichkeit.

Seine langsame Entwicklung war das Zeichen eines auf sich selbst angewiesenen Bemühens um die eigene Form, die er erreichte, wo er sprengte, was ihn an das nur Zeithafte fesselte; wenn er die meist von außen empfangenen Stoffe in seine stimmungshafte und grüblerische Innerlichkeit einverwandelte. Diese Innerlichkeit zog Grenzen seines Schaffens, ließ ihm aber möglich werden, in konstanten Motiv-Variationen zu einer artistisch gepflegten, ihrer Wirkungsmöglichkeiten mehr und mehr bewußt gewordenen Gestaltungsform zu kommen. Über dem Landschaftlich-Wachstümlichen, Geschichtlich-Heimatlichen, Stimmungshaft-Innerlichen und Bildungshaft-Sittlichen in der Sprache Storms dürfen nicht die Intensität seines Fühlens und Fragens und das sensitiv Artistische seines Künstlertums übersehen werden. Es sind die Elemente, die ihn in eine Spätzeit der Entwicklung stellen, als ihren Repräsentanten erkennen lassen, der viel von dem vorausnahm, was um die Jahrhundertwende in der europäischen Erzählliteratur ausgestaltet wurde. Der Weg, der ihn von dem idyllisierenden und empfindsamen, „biedermeierlichen" Miniaturenstil seiner Frühzeit und ihrem musikalischen Lyrismus in Situationen und Bildfragmenten zu dem gespannteren, das Tragische objektivierenden Tatsachenstil seiner Spätzeit führte, ist nicht nur „stammestümlich" begründet. Er drückt auch nicht nur eine Reifung zur bewußteren Kunstgestaltung der „realistischen Schicksalsnovelle" innerhalb der allgemeinen dichtungsgeschichtlichen Entwicklung zu einem objektivierten Erzählen aus. Vielmehr bedeutet dieser Weg auch eine zunehmende Öffnung zum Existentiellen, damit zu einer Radikalisierung seiner Daseinserfahrung und ihrer Formensprache. Sie führte vom Elegischen in den Bereich des novellistisch Tragischen und ließ sich nicht mehr mit dem poetischen Fühlen in der Fluchtinsel des Sentimentalen harmonisieren. Storms Erzählentwicklung – ein Zeichen ihrer inneren Hemmungen und Krisen – verlief nicht einheitlich. Mehrfach zeigt sie ein Rücklenken zu schon überschrittenen Formen und zu dem typisierten Zeitgeschmack. Er war seines Erzählniveaus in Stoffen und Formen durchaus nicht immer sicher. Seine gefühlhaft reagierende Natur war um so mehr auf die Sicherungen angewiesen, die das Heimatliche und eine kultivierte Bürgerlichkeit, der Zusammenhang mit Familie, Ahnenschaft, Volk und Geschichte, mit Herkommen und Sitte, mit Gesellschaft und Nachbarschaft als ein übersichtlicher und beharrender Lebenskreis gewährte. Aber sein Künstlertum trieb ihn über die Sphäre einer geordneten und von ihm auch pedantisch festgehaltenen Bürgerlichkeit hinaus. Er gehörte einer zur Spätreife geneigten Kulturzeit an, deren sentimentale, elegische und fast schon morbide Verfeinerung der Stimmungen und des Stils die Lebenskraft schwächte und eine Neigung zum Schwermütigen und zum Leiden zeitigte, welcher die Sicherheiten des Daseins entglitten und die eben dies auch als einen geheimen Reiz empfand. Storm fühlte sich, wenn auch in den Grenzen, die er sich selbst auferlegte, vom Vagantischen, abenteuernd Bindungslosen, vom Leidenschaftlichen starker Seelen, von den Faszinationen der Erotik, der Musik, des Traumhaften angezogen. Der Künstler und der Bürger lebten in ihm ebenso in geheimer Spannung wie der rationalistische Wirklichkeitsmensch und der Geisterseher; wie der Wanderer in der elementaren Natur, der sich an ihr Unbegrenztes hingab, und der in behüteten Räumen sich Einnistende; oft ein Sehnsüchtiger, der sich im Gesicherten verbarg, weil er entsagen mußte oder das Wagnis der Entgrenzungen scheute. Er beheimatete sich im Umfriedet-Intimen und liebte die Auflösungen im Träumerischen, in seinen Verzauberungen und Verdämmerungen. Daß er ihnen zugleich eine Grenze setzte, unterscheidet ihn vom romantischen Erleben. Er bejahte die diesseitge Welt als Schönheit, Eros, als umfassenden Lebensstrom, die Natur als mütterlich Bergendes, aber er erfuhr sie zugleich im Schauer des Elementar-Gewalthaften, unter den Schatten einer alles in das Unbegreifliche verflüchtigenden Vergänglichkeit. „Jener Schauer, der aus dem Verlangen nach Erdenlust und dem schmerzlichen Gefühl ihrer Vergänglichkeit so wunderbar gemischt ist", wie es in einer Novelle heißt, durchzieht seine früheren Erzählungen; er verwandelt sich in der Spätzeit in das herbere Bewußtsein einer immanenten Widersprüchlichkeit des Daseins. Auch dann sucht Storm jedoch die Schleier des tröstend die Konflikte verschleifenden Gefühls. In der Skizze „Des Amtschirurgus Heimkehr" von 1870, an der Schwelle seiner Spätentwicklung, heißt es: „Nur soviel ist gewiß; auch wir Gesunden sehen die Dinge nicht, wie sie sind; uns selber unbewußt webt unser Inneres eine Hülle um sie her, und erst in dieser Scheingestalt erträgt es unser Auge, sie zu sehen, unsere Hand, sie zu berühren."

Die typischen Erzählmotive

Storm liebte die Traumwelt der Jugend in ihren Mischungen von Illusion und erfülltem Lebensaugenblick; er gestaltete den gereiften und alten Menschen in einer Mischung von Befriedung und Entsagung angesichts des Zerbrechens der Illusionen und des Glücks. Beide Lebensalter gehören der Idylle an, die ihre Stimmungen aus dem vorausfühlenden Erwarten und dem erinnernden Entsagen empfängt. Sein Erzählen durchzieht das

Suchen und das Scheitern der persönlichen Glückserfüllung. Um sie geht es; nicht mehr um idealtypische humane Leitbilder. Der Erfahrungsraum ist verengt und subjektiviert. Stifter ließ den Tod in der Ferne; der Mensch in den Erzählungen Storms fühlt ihn immer nahe. „Wie kommen und gehen die Menschen! Immer ein neuer Schub, und wieder: Fertig! – Rastlos kehrt und kehrt der unsichtbare Besen und kann kein Ende finden. Woher kommt all das immer wieder, und wohin geht der grause Kehricht?" Ähnlich fragte Wilhelm Raabe: „Wo bleiben die Bilder?" oder erzählte Meyer seine Novellen mit dem Blick zum nahenden Tod. Storm suchte unter Schatten die Dauer der Existenz und ihrer Glückserfüllung; aber dies Suchen begegnete der unentrinnbaren Determination des Lebens. Sie erscheint im Einzelmenschlichen als Erbe, Charakter und Umwelt, als eine äußere und innere Gebundenheit, im Ganzen als ein undurchdringlich Schicksalhaftes. Storm liebte leidenschaftlich dies innerweltliche Leben als das Einzige und Endgültige und er erfuhr in ihm zugleich die schleichende Gegenwart des Todes. Er baute sich in das Gehege von Gesellschaft und Heimat, Familie, Sitte und Arbeit fest ein, er suchte die dem Zeitlichen entzogene Stille der Natur. Die Familie bedeutete ihm lange mütterlich Bergendes; in ihr wurde im Sozialen eine Zelle des Innerlichen ausgespart. Der Eros, Leidenschaft aus der Tiefe der Existenz, wurde in seiner Dichtung durch die Ehe bürgerlich abgeschirmt; außerhalb ihrer bedeutete er Rausch, Verführung in den Abgrund, eine Sprengung der Ordnungen, die lockte und erschreckte. Doch die Familie konnte erstarren, sich zum Gefängnis verengen; in seinen Spätnovellen sah Storm sie auch als eine Vergewaltigung der persönlichen Freiheit; in der verhärteten Konfliktsituation der Generationen, zwischen Vater und Sohn, deren Tragik das Weiblich-Mütterliche als Versöhnungs- und Bindungsmacht ausschaltet. Er spürte das Ungesicherte: in der Natur als etwas Elementar-Dämonisches, in dem Menschen als Maßlosigkeit des Egozentrischen in starrer Härte, in der Gesellschaft als Egoismus und als Elend, als Stumpfsinn der Masse, im Gefühl als eine in sich zurückgetriebene und verstummte Vergeblichkeit und Wehrlosigkeit. Er blieb ein sehnsüchtig Ruheloser, der in seiner subjektiven Innerlichkeit, seiner Künstlerschaft ein vereinsamtes, noch in Beglückungen zur Trauer geneigtes Leben führte. Er spürte Ähnliches bei Keller: „Man sieht, wie Sie überall teilgenommen und doch überall der ganze ungeteilte und in gewissem Sinne einsame Mensch geblieben sind." Er schloß sich in seine patrizische Bürgerlichkeit ein; aber den Erzähler lockten gerade die Sonderlinge und Abseitigen, die ungewöhnlichen und scheiternden Naturen, die nur halb geglückten Existenzen. Er liebte die Enge des Hauses, aber sie konnte auch Gespenstisches, Bedrückendes bedeuten. Storm war in der Ehe und Vaterschaft kein sicheres

Glück vergönnt; er hat darunter um so mehr gelitten, da er ähnlich wie Stifter aus dem Verlangen nach einer seelischen Gemeinsamkeit die Familie hoch bewertete. Er wollte, aus einer sein Erzählwerk durchtönenden Lebensangst heraus, im Schauer des notwendigen Verlöschens dieses einzigen, unwiederholbaren Lebens, die Dauer; er lebte im Bewußtsein der Vergänglichkeit des Schönen und des erfüllten Augenblicks, des Illusionären einer wirklichen Erfüllung, und er suchte sie um so intensiver auszukosten.

Keller nahm den „finsteren" Tod in das Mysterium der Stille der Natur hinein, er gab ihm einen zum Frieden hin erfüllenden Befreiungssinn; Storms Dichtung spricht angesichts von Einsamkeit und Tod aus einer tiefgreifenden Verstörung des Weltverhältnisses. Keller fand in der kosmischen Weite der Natur eine Geborgenheit des Einzellebens, das sich im Gesetzhaften der Organischen, in seinem Werden und Vergehen beruhigt. Das Poetische bedeutete ihm eine symbolische Bilderschrift aus der bestehenden Gerechtigkeit des Weltganzen, die im Geordneten eine Freiheit des Spiels zuließ, da sie sich im Spiel der unendlichen Formen entfaltete. Für Storm hat sich das Poetische zum Stimmungsausdruck des durchaus subjektiven, im einsam Einzelnen verinnerlichten Gefühls reduziert und von ihm seine Innigkeit wie Melancholie empfangen. Storms Erleben der Natur war zwiespältiger als das von Keller; er erfuhr mehr in ihr das Fremde, Unzugängliche, das Grausame und den Tod. Sie war ihm nicht nur eine Zuflucht in die Stille, sondern sie gewann eine eigene, fast magische sinnliche Mächtigkeit. Zunehmend entfremdet sich in seinen Novellen die Natur dem Menschen. Sie greift in sein Leben als Schicksal ein: im Wild-Grausamen der Elemente – vor allem das Schicksalssymbol des Meeres –, im Zwang der biologischen Vererbung und des Triebhaften, in dem Magisch-Dämonischen, das sich in ihr spukhaft verbirgt, in den Verflechtungen des Physiologischen und Psychologischen, die sich oft verhängnishaft enthüllen und dem Menschen die Freiheit zur Glückserfüllung aus Anspruch und Verlangen seiner Seele nehmen. Seine Menschen leben, zur Entsagung genötigt, dem Tode und dem Vergessen entgegen. Storm schrieb schon 1859 seiner Frau: „Die leise Furcht, daß im letzten Grunde doch nichts Bestand habe, worauf unser Herz baut; die Ahnung, daß man am Ende einsam verweht und verlorengeht; die Angst vor der Nacht des Vergessenwerdens, dem nicht zu entrinnen ist." Gerade weil das Ich, autonom geworden, nur noch sich selbst besaß und das Irdische als Erfüllung und Begrenzung erlebte, erschrak es vor seiner Vergänglichkeit. Das Wissen um den Tod trieb Storm in den Kult des Schönen, in die Leidenschaft zum Leben; aber die Leidenschaft brach sich an diesem Wissen. Abgelöst von dem christlichen Glauben und seinem Unsterblichkeitsbewußtsein fand Storm, die immanente Ganzheit und Grenze des irdisch Wirklichen bejahend wie durch sie erschreckt, nicht zu einer geistigen Durchformung der Weltwidersprüche, deren Wirklichkeit er im Außen und im Innen erkannte. Angesichts der Zwiespälte seiner Lebenserfahrungen zog er sich in eine verengte und oft aufweichende Gefühlsanschauung zurück, die sich zwischen der Anerkennung der Wirklichkeitsgrenzen und der Sehnsucht, jenseits ihrer ein Reich seelischer Dauer zu finden, unsicher bewegte. Zurückblickend zu Heimat, Volk, Geschichte, Familie, Bürgertum und Sitte, die schon eine vergehende Welt waren, fühlte er die innere Verstörung dieser Ordnungen. In der Unsicherheit zwischen dem Tod und dem Leben blieb ihm nur die Traumwelt der Erinnerung, die dem Vergänglichen im Gefühl eine Dauer gab, im Seelischen ein Unverlierbares bedeutete. Im Erinnern, einem subjektivierten Nacherleben, verwandelte sich die Wirklichkeit in den verklärenden Schmerz und den melancholischen Trost des elegischen Gefühls. Die Zweigipfligkeit, die sein novellistischer Erzählaufbau durchweg zeigt, hängt mit dieser andauernden inneren Widerspruchserfahrung zusammen.

Schon Storms Briefe aus der Verlobungszeit, Briefe des erwachenden Dichters voll unbestimmter metaphysischer Sehnsucht, die sich in einer vagen Gefühlsreligiosität äußerte, voll erotischen Verlangens, Empfindsamkeit, Angst des Einsamen und Pedanterie, fragen immer wieder nach der Dauer, nach einer unzerstörbaren Gemeinschaft der Seelen, die im Innerweltlichen und Persönlichen ein Unbedingtes verspricht. Storm sucht in der Liebe – dem zentralen Thema seines Erzählens – als dem reinen Bei-Sich-Sein des subjektiven Gefühls das Unbedingte; er sah sie dennoch zugleich auch in das Bedingte und Relative zurückgewiesen. Denn das Schicksal stellte auch sie unter das Gesetz des Vergehens, des Vergessens; nur die Erinnerung schuf einen Traum der besitzlosen Dauer, eine das Zeithafte entmächtigende innere Gefühlsgegenwart. Der Mensch ist in Storms Erzählen gebunden an das Schicksal, das sich im Werden und Vergehen, zwischen der illusionären Jugendgläubigkeit und der Resignation des Alters, in dem Scheitern der Lebensreife, die zur Erfüllung drängt und entsagen muß, vollzieht. Das Leben ist immer einsam und ein Weg zum Ende hin. Trotz seines Suchens nach Gemeinschaft, Sicherung, Bindung und Dauer – „überall dies unheimliche Wehren gegen die Vernichtung" – ist der Mensch allein. Diese Existenzerfahrung entwuchs der zunehmenden Entfremdung zwischen subjektivem Ich und objektivierter Welt, zwischen dem individuellen Gefühl und der undurchschaubaren Schicksalhaftigkeit des Daseins. Im Bewußtsein der allen Lebensdingen immanenten Determination relativierte und verwirrte sich, wie Storms Spätnovellen zeigen, auch das Ethische. Es wurde immer mehr auf die selbst schwankende Subjektivität des Persönlichkeitskerns zurückgedrängt. Das religiöse Problem hat ihn nachhaltig wie Keller beschäftigt; beide waren – als Dichter – religiös veranlagte Naturen. Aber Keller fand auf dunklem Untergrunde, im Schatten der Entsagungen ein Lebensvertrauen durch seinen vom Vernünftig-Sittlichen bestimmten Weltsinn, seine Naturfrömmigkeit. Storm, mehr auf seine Subjektivität beschränkt, in seiner Sensibilität wehrloser, suchte gedanklich eine verwandte Lebenszuversicht festzuhalten; im Vertrauen auf den Lebenswert der Innerlichkeit und in der Ergebung in die Ordnungen der Natur. Aber sein Fragen kam nicht zum Frieden; es blieb antwortlos. Je tiefer er suchte, um so mehr begegnete er dem Mysterium des Verhängnishaften. Seine Entfremdung vom christlichen Glauben, zeitbedingt durch den Einfluß des rationalistisch-liberalen Positivismus, persönlich begründet durch seinen Widerwillen gegen jede dogmatisierende Autorität und durch sein Verlangen nach Wahrhaftigkeit der persönlichen Überzeugungen wie durch die humanistisch-ästhetische Anlage des Künstlers, widersprach seinem Lebensgefühl, das im Bedrohenden nach einem Sichernden verlangte. „Wenn wir uns recht besinnen, so lebt doch die Menschenkreatur, jede für sich, in fürchterlicher Einsamkeit; ein verlorener Punkt in dem unermessenen und unverstandenen Raum. Wir vergessen es; aber mitunter dem Unbegreiflichen und Ungeheuren gegenüber befällt uns plötzlich das Gefühl davon; und das, dächte ich, wäre etwas von dem, was wir Grauen zu nennen pflegen." Dies Grauen war stärker als die Ablenkungen, mit denen Storm sich hier wie in seinen meisten Erzählungen dagegen wehrte. Die Gefühlsreligiosität seiner Jugend, die sich als ein vager und träumerischer Glaube an Gott als Schöpfer und Weltgrund, an das Göttliche in der Natur, im rein Verinnerlichten der Liebe, in allem Erhebenden aussprach, löste sich auf, je mehr er mit der Weltanschauung und Naturwissenschaft seiner Zeit in Kontakt kam und aus erfahrenem Leben zu einem objektiveren Tatsachenblick heranreifte.

Den Markstein dieser Entwicklung bedeutet die Novelle „Im Schloß". Doch die Verfestigung seines Tatsachensinns ließ ihn um so dringlicher nach der Sinngebung des Daseins, seiner Leiden und Entsagungen fragen. Dies Fragen blieb antwortlos. Er fand keinen „Trost der Kreatur" in der zum Unheimlichen entfremdeten Natur. Das Geschick seiner Gestalten vollzieht sich in der Determination von Charakter, Herkunft, Milieu und Lebenskonstellation. Der Mensch ist bei Storm im Grunde immer mit sich allein.

Mit dieser Weltauslegung hängt die Formung seiner Novellen eng zusammen. Die Novelle mußte seine Erzählform werden. Er hat die Subjektivierung der Erzählweise, das Verweben von Geschehen und Erlebnisspiegelung, von Gegenständlichem und Gefühlsanschauung sehr verfeinert; ebenso die Kunst der Nuancen im Bildhaften, Atmosphärischen und Innerseelischen, in der stimmungsvollen Spiegelung und musikalischen Durchtönung. Er hat die Kunst des fragmentarischen Andeutens, der relativierenden und letzthin unausdeutbaren Verknüpfung verschiedenartiger Faktoren, die ein Geschick komplex zusammensetzen, erweitert. Sein Stil hat eine fast artistische Empfindlichkeit für das Leise, Mehrdeutige, Schwebende, Verdämmernde, Ungewisse erreicht. Er ist die Sprache einer Spätzeit – so wie seine konstante Thematik von der vergehenden Zeit, vom versäumten und zerfallenden Leben und seine Form der Erinnerungs- und Rückschauerzählung. Denn für ihn gewann das Leben aus der Geschichte seine Stimmungstöne. Seine Feier des Schönen, ein romantisches Erbe, das sich bei ihm in das Subjektive sentimentalisierte, floß in die träumerische Fin-de-siècle-Stimmung des ausgehenden Jahrhunderts ein. Es führt ein Weg von Storm über Jacobsen zu Rilke; Thomas Mann hat ausführlich bezeugt, was für ihn Storm in seiner Jugend bedeutet hat.

Fritz *Martini:* Deutsche Literatur im bürgerlichen Realismus. 1848–1898, Stuttgart 1962, S. 630 ff.

III. ERLÄUTERUNGEN ZU „DER SCHIMMELREITER"

1. Werkgeschichte

Die Darstellung der Entstehung der Novelle „Der Schimmelreiter" lehnt sich an die Erläuterungen an, die Peter Goldammer seiner Ausgabe der Werke Storms (Berlin [Ost] ²1967, Bd. 4, S. 654 ff.) beigegeben hat.

In der 1873 erschienenen Skizze „Lena Wies" schrieb Storm, diese Freundin seiner Jugend habe ihm „die Sage von dem gespenstischen Schimmelreiter" erzählt, „der bei Sturmfluten nachts auf den Deichen gesehen wird und, wenn ein Unglück bevorsteht, mit seiner Mähre sich in den

Bruch hinabstürzt". Zu Anfang der Novelle dagegen werden die „Leipziger" oder die „Hamburger Lesefrüchte", die der Dichter bei seiner Urgroßmutter Feddersen kennengelernt habe, als Quelle genannt. In der Zeit, als Storm gemeinsam mit Theodor Mommsen und anderen schleswig-holsteinische Sagen sammelte, schrieb er, am 13. Februar 1843, an Mommsen: „Ich hab Ihnen früher erzählt, wie es abends an unsern Deichen und am Strand ist; ich möchte sagen, immer, wenn ich abends und allein dagewesen, hat es in mir zu diesen unheimlichen Gestalten angesetzt, die in den mir über alles unheimlichen Deich- und Strandsagen ihre volle Verkörperung erhalten. Der Schimmelreiter, so sehr er auch als Deichsage seinem ganzen Charakter nach hierher paßt, gehört leider nicht unserm Vaterlande; auch habe ich das Wochenblatt, worin er abgedruckt war, noch nicht gefunden." 42 Jahre später, am 20. Februar 1885, berichtete der Dichter seiner Tochter Lisbeth, daß er als Knabe von der „gewaltigen Deichsage" gelesen habe. Tatsächlich findet sich eine Geschichte, die Storm ohne Zweifel gekannt und für die Novelle benutzt hat, im Jahrgang 1838 (Band 2) der von J. J. C. Pappe in Hamburg herausgegebenen „Lesefrüchte vom Felde der neuesten Literatur des In- und Auslandes". Storm kann also diese Fassung der Sage frühestens in seinem zwanzigsten Lebensjahr kennengelernt haben.

Über den Plan zum „Schimmelreiter" äußerte sich Storm bereits am 3. Februar 1885, unmittelbar nach der Beendigung von „John Riew' ", gegen Erich Schmidt: „Jetzt aber rührt sich ein alter mächtiger Deichsagenstoff in mir, und da werde ich die Augen offenhalten; aber es gilt vorher noch viele Studien! Die Sache wird ein paar Jahrhunderte [zu-]rückliegen." Am 20. Februar desselben Jahres schrieb er an seine Tochter Lisbeth: „Jetzt spukt eine gewaltige Deichsage, von der ich als Knabe las, in mir; aber die Vorstudien sind sehr weitläufig. Ich sollte nur Deinen Mann zur Hülfe haben; mit dem ist prächtig dergleichen durchzusprechen."

Als die Arbeit am „Fest auf Haderslevhuus" beendet war, tauchte der Plan zum „Schimmelreiter" erneut auf. So schrieb Storm am 4. Dezember 1885 an Paul Heyse: „Mit meiner Gesundheit geht es leidlich, so daß ich doch das Weihnachtsfest . . . mit einiger Freude erwarte; am 5. Januar geht es dann auf reichlich vierzehn Tage nach Husum . . . Dann habe ich große Lust, eine Deichnovelle zu schreiben, ‚Der Schimmelreiter', wenn ich es nur noch werde bewältigen können." Und am 5. Dezember informierte er den Verleger Paetel von dem Projekt: „Nach Neujahr hoffe ich mit der Deich- und Sturmflutnovelle ‚Der Schimmelreiter' zu beginnen, die wohl im Sommer ihre Vollendung finden könnte und die ich Ihnen dann senden werde." Sehr bald muß Storm jedoch den Plan, sogleich mit der Niederschrift zu beginnen, wieder aufgegeben haben. Zunächst war er noch mit der Arbeit an „Bötjer Basch" beschäftigt, und so schrieb er am 15. Januar 1886 an Heyse: „Vor der Deichnovelle habe ich einige Furcht und wollte erst diese leichtere Arbeit mal zwischenschieben." Am 30. März des Jahres heißt es in einem Brief an Erich Schmidt: „Ich begänne so gern die beabsichtigte Deich- und Sturmnovelle; aber sie müßte gut werden, da sie so heimatlich ist; doch ich kann nicht; auch fehlt mir so viel im Material, was ich zur Zeit nicht schaffen kann."

Am 8. Juli schrieb Storm dann, ebenfalls an Schmidt, der „Schimmelreiter" sei begonnen und „allerlei Studien . . . dazu" seien gemacht. Um die gleiche Zeit bekannte er dem Verleger (nach Albert Köster): „Aber es ist ein heikel Stück, nicht nur in puncto Deich- und andrer Studien dazu, sondern auch, weil es seine Mucken hat, einen Deichspuk in eine würdige Novelle zu verwandeln, die mit den Beinen auf der Erde steht." Am 29. August 1886 meldete er Heyse: „In Arbeit ferner: ‚Der Schimmelreiter', eine Deichgeschichte, ein böser Block, da es gilt, eine Deichgespenstersage auf die vier Beine einer Novelle zu stellen, ohne den Charakter des Unheimlichen zu verwischen."

Auch zu dieser Zeit noch können Storms Notizen nicht über die ersten Anfänge hinausgekommen sein, denn die termingebundene Arbeit am „Doppelgänger" hatte den Vorrang. Am 27. September 1886 meinte er zu Heyse: „In den nächsten Tagen setze ich mich wieder an meinen ‚Schimmelreiter'." Die lange Krankheit (Oktober 1886 bis Februar 1887) verhinderte dies jedoch, und nach seiner Genesung schrieb Storm zunächst die Novelle „Ein Bekenntnis". Doch noch bevor diese fertiggestellt war, nahm er trotz seines schweren Leidens auch die Arbeit am „Schimmelreiter" wieder auf.

Aus zahlreichen brieflichen Mitteilungen sind wir über den Fortgang der Niederschrift unterrichtet. „Der ‚Schimmelreiter' hat heut", heißt es in einem Schreiben an Gebr. Paetel vom 4. Mai 1887, „ein wunderlich, mir angenehmes Kapitel erhalten. Ich denke über Sommer mit dieser eigentümlichen, nicht eben ausgedehnten Arbeit fertig zu werden. Eine Novelle für Westermann [„Ein Bekenntnis"], die ohne Studien zu schreiben war und die ich erst im Oktober zu bringen bitten werde, läuft daneben. So habe ich Arbeit genug vor mir, und ich glaube zu fühlen, daß das fünfmonatliche Krankenlager, wenn auch meinen armen Leib, so doch mein besser Teil, die Seele, nicht verletzt hat." In einem Brief an Heyse vom 25./26. Mai heißt es: „Es ist hier so fesselnd angenehm, zumal ich eine vor meiner Krankheit begonnene Arbeit, ‚Der Schimmelreiter' (eine Deichsagengestalt), wieder zur Hand nehmen kann, daß ich den Juni, wo alle Blüte, namentlich meine Rosenflut, hervorbricht, hier ungern verpasse; dennoch reise ich am 2. Juni ... nach Kirchdorf Grube (Adresse Pastor Haase) in Holstein ..." Von Grube aus, wo eine Tochter Lisbeth verheiratet war, schrieb Storm am 8. Juni an Gebr. Paetel: „Am ‚Schimmelreiter' wird alle Wochen vier- oder fünfmal ein Stückchen geschrieben, und so rückt er langsam weiter ..."

Die Feierlichkeiten zu seinem siebzigsten Geburtstag (14. September 1887) hatten den Dichter „geistig und körperlich ermattet", so daß die Arbeit erneut ins Stocken geriet. Am 20. Oktober berichtete er Heyse: „Mein vielgenannter ‚Schimmelreiter' ist bis S. 92 der Reinschrift gediehen, und Sonntag will ich nach Heide, um mit meinem deichsachverständigen Freunde, Bauinspektor Eckermann [Christian Eckermann, 1833–1904, Landesbaurat der Provinz Schleswig-Holstein], ein Nötiges weiter zu besprechen. Aus einem Jungen ist Hauke Haien nun auf dieser 92. Seite zum Deichgrafen geworden; nun bedarf es der Kunst, ihn aus einem Deichgrafen zu einem Nachtgespenst zu machen. Ich fürchte, das Thema hätte mir zehn Jahre früher kommen müssen." Am 29. Oktober an seine Tochter Elsabe: „Von Mittwoch auf Donnerstag waren Mama und ich bei Eckermanns in Heide; ich, um mit ihm über allerlei Technisches in Deichsachen zu konferieren, dessen ich für meinen ‚Schimmelreiter' bedurfte, dessen Manuskript nun doch auf 92 Seiten Reinschrift angewachsen ist. Bei meinem Magenleiden geht das Arbeiten langsam." Und am 1. November an Lisbeth: „Der Magendruck ließ mir bis vor vierzehn Tagen weder Tag- noch Nachtruhe, und es gab nur vormittags ein paar Stunden, wo ich schreiben und arbeiten konnte. Trotzdem sind in der Zeit über 100 Geburtstagsbriefe beantwortet, die Reinschrift meines ‚Schimmelreiters' ist auf 126 Seiten Oktavpostpapier à 21 Reihen gewachsen, und in Konzept ist schon wieder recht viel vorhanden; über einige Szenen freue ich mich; das Ganze wird wohl erst zum Aprilheft der ‚Deutschen Rundschau' fertig. Aber in letzter Zeit geht es mir erheblich besser, wenn ich auch immer noch etwas Druck habe; doch pflege ich vormittags von 8 bis 1 Uhr zu arbeiten."

Sehr bald jedoch scheint sich der Gesundheitszustand des Dichters wieder verschlimmert zu haben; denn in den folgenden Wochen ist das Manuskript kaum umfangreicher geworden. „Meinen corpus anlangend", heißt es in einem Brief an Wilhelm Petersen vom 3. Dezember 1887, „so leide ich täglich, mitunter auch nächtlich, an Magendruck und Krampf in der Brust, so daß mir nur vormittags ein paar Stunden zur Arbeit bleiben. Das

Schlimme ist, daß es sich durch jede freundschaftliche Unterhaltung sehr verschlimmert. Trotzdem ist der ‚Schimmelreiter‘ auf 127 Seiten Reinschrift . . . und ca. 30 . . . Seiten Konzept gewachsen.“ Am 5. Dezember an Gebr. Paetel: „Der ‚Schimmelreiter‘ schreitet stark vorwärts und wird jedenfalls zum 15. Februar eingeliefert werden können . . . Es wird die bei weitem größte Novelle, die ich geschrieben.“ Am 16. Dezember, ebenfalls an den Verlag: „Vorgestern wieder in Heide Konferenz über den ‚Schimmelreiter‘ gehalten, für den Sie mir aber wohl April- und Maiheft werden frei halten müssen. Mein Sachverständiger ist mein Freund, der Provinzial-Bau-Inspektor Eckermann dort . . .; wir kommen Monat um Monat mit den erwachsenen Kindern einen Tag nebst Nacht zueinander. Er war sehr mit mir zufrieden; ich werde nächstens auch einen Koog eindeichen können.“ Und am 18. Dezember an Heyse: „Im Januar werde ich wohl mit dem ‚Schimmelreiter‘ fertig, dem Größten, was ich bisher schrieb. Ich denke, wenn auch nicht das Ganze, so wird Dich einzelnes interessieren. – Ich kann nur langsam arbeiten, denn ich bin durch mein langes Krankenlager ein kränklicher Mensch geworden und manchen Tag ganz unfähig.“ Im Januar 1888 war Storm in Husum. Nach seiner Rückkehr schreibt er am 5. Februar an die Gräfin Reventlow: „Ich . . . habe fortgefahren zu arbeiten, wo ich in Husum aufhalten mußte, und werde in drei Tagen fertig sein. Bei Durchsicht des Ganzen habe ich den Glauben gewonnen, daß mein ‚Schimmelreiter‘, wenn er auch kein Meisterstück geworden – die sind wohl nicht mehr für mich –, doch Ihnen ein gewisses Interesse abgewinnen wird.“ Am 11. Februar an Heyse: „Übrigens habe ich die Vormittage dort wie nach der Rückkehr hier an meinem ‚Schimmelreiter‘ gearbeitet, den ich am 9. d. M. beendet habe und den Du zunächst in dem April- und Maiheft der ‚Deutschen Rundschau‘ wirst lesen können.“ Und am 16. Februar an Erich Schmidt: „. . . in wenigen Tagen hoffe ich Ihnen Korrekturbogen meiner bis jetzt größten Geschichte, dem ‚Schimmelreiter‘, schikken zu können, den ich wohl besser schon vor zehn Jahren hätte schreiben sollen. Es wird Sie, lieber Freund, in eine Ihnen wohl fremde Welt führen, und ich hoffe, daß Sie es nicht ohne alle Teilnahme aus der Hand legen werden.“

Im April und Mai 1888 wurde der „Schimmelreiter“ in der „Deutschen Rundschau“ zum ersten Male gedruckt. In demselben Jahr erschien die Buchausgabe bei Gebr. Paetel, Berlin, mit der Widmung: „Meinem Sohn Ernst Storm, Rechtsanwalt und Notar in Husum, zugeeignet.“

Am 2. Mai 1888 äußerte sich Paul Heyse in begeisterten Worten über Storms neue Novelle: „Nur einen Glückwünsch, lieber Alter, zum ‚Schim-

melreiter'. Ein gewaltiges Stück, das mich durch und durch geschüttelt, gerührt und erbaut hat. Wer machte Dir das nach! Ich lese es wieder in ruhigerer Zeit, heut hab ich's nur atemlos durchgejagt, als säße ich selbst auf dem Gespenstergaul, und kann Dir nur im Fluge die Hand drücken und von Herzen Heil! Heil! rufen, da ich in schwerer Arbeit tief vergraben bin."
Ein (im Original nicht überliefertes) Urteil Erich Schmidts hat Storm in einem Brief an Gebr. Paetel vom 6. Mai 1888 zitiert: „Ich staune über die Wucht und Größe, die Sie als Siebziger für den ‚Schimmelreiter' aufbieten konnten, dessen Thema auf so furchtbare Weise zeitgemäß geworden ist. Alles Meer- und Strandhafte des Gegenstandes ist so sehr ersten Ranges, daß ich ihm nichts überzuordnen wüßte; und in der Seele des Mannes brandet's gleich leidenschaftlich. Wundervoll eine Verbindung des Abergläubisch-Geheimnisvollen mit dem sachkundigen Realismus, der da weiß, wie man Deiche baut usw., wie die Flut frißt usw. Die epische Fabel spielt naturgemäß eine zweite Rolle."

Storm selbst war mit seinem Werk durchaus nicht völlig zufrieden. Schon am 9. Dezember 1887 hatte er an Keller geschrieben: „Ich weiß nicht, ob ich noch die rechte Kraft hatte, den Stoff zu zwingen." Und am 17. Februar an seine Tochter Elsabe: „Ganz zufrieden bin ich mit meiner Arbeit nicht; ich hätte sie vor zehn Jahren schreiben sollen." Schließlich am 7. März 1888 an den Verlag der Gebrüder Paetel: „Ich habe den sagenhaften Stoff ins rein Menschliche hinübergezogen; darin lag die Schwierigkeit für die Ausführung, und was darin nicht zur rechten Erscheinung gekommen ist, ist hiedurch zurückgehalten; – dazu die 70!"
Am ausführlichsten hat sich Storm über den „Schimmelreiter" gegen Ferdinand Tönnies ausgesprochen. Mit ihm war er im August 1887 in Sylt auf Westerland gewesen. Anknüpfend an persönliche Gespräche oder auch an einen nicht erhaltenen Brief Tönnies', schrieb Storm am 7. April 1888: „ ‚Novelle' braucht es nicht genannt zu werden; etwa: ‚Eine Deichgeschichte' oder ‚Eine Geschichte aus der Marsch'. – Einige Wort- und Sacherklärungen kann ja die Buchausgabe immerhin bringen. Wenn die Katastrophe aus der Niederlage des Deichgrafen im Kampfe der Meinungen stärker hervorgehoben würde, so würde seine Schuld wohl zu sehr zurücktreten. Bei mir ist er körperlich geschwächt, des ewigen Kampfes müde, und so läßt er einmal gehen, wofür er sonst stets im Kampf gestanden; es kommt hinzu, daß seine zweite Besichtigung bei heller Sonne die Sache weniger bedenklich erscheinen läßt. Da aber, während Zweifel und Gewissensangst ihn umtreiben, kommt das Verderben. Er trägt seine Schuld, aber eine menschlich verzeihliche ... Es muß für ihn bedacht werden: Die Scheu, nach endlich vollendetem Werk den Kampf aufs neue

zu beginnen ... Es ist mir übrigens sehr lieb, daß auch das Werk, wie es jetzt ist, eine Wirkung auf Sie ausgeübt hat; denn zu einer Umarbeitung würde ich schwerlich kommen; meine Greisenmüdigkeit erschrickt davor, und – die Sache ist sehr heikel, was ich während der Arbeit deutlich genug empfunden habe; man verliert hier sehr leicht auf der einen Seite, was man auf der andern dadurch gewönne ..." In einem weiteren Brief an Tönnies, vom 9. Mai 1888, zitiert Storm zunächst die Urteile Schmidts und Heyses und fährt dann fort: „Ich weiß wohl, daß mein Mißtrauen begründeter ist als ihr Entzücken; aber schon, daß es auf sie den Eindruck hat machen können, tut mir gut, in der gekommenen Zeit, wo ich mir selber nicht mehr traue wie einst. Dann ist es ja auch ganz gedeihlich, daß einer aus der alten Schule einmal wieder etwas geleistet hat, was den Besten das Herz bewegt. – So wäre der Zeitpunkt des Abtretens jetzt nicht ungünstig. – Doch, mein lieber junger Freund, wünsche ich herzlich ein nochmaliges Emporkommen, noch einmal meine Freunde so zufriedenstellen zu können, und ich will die Hoffnung darauf noch nicht aufgeben."

2. Quellen

Über die Quellen, die Storm für die Novelle verwendet hat, berichtet der Sekretär der Theodor-Storm-Gesellschaft, Ernst Laage, in seiner Ausgabe des Schimmelreiters ausführlich auf der Grundlage auch seiner eigenen Forschungen. Wir geben die Ergebnisse hier nach Laage wieder:

Zur Gestalt des Deichgrafen
Es ist keine einzelne historische Persönlichkeit, die dem Dichter als Vorbild für seine Deichgrafengestalt gedient hat. Auch die Deutung, daß Storm in Hauke Haien „die" nordfriesischen Deichbaumeister oder den ewigen Kampf der Friesen mit der Nordsee symbolisieren wollte, greift noch nicht weit genug. Man wird Hauke Haien vielmehr als einen „Faust ohne Transzendenz" und als „Übermenschen" verstehen müssen, der im Kampf mit den Naturgewalten, mit den Menschen und mit sich selbst scheitert. Trotzdem gibt es historische Personen, die dem Dichter „Material" geliefert haben für die Gestalt des Deichgrafen in der Novelle. Das sind u. a.

1. Johann Clausen Koot, ein aus Holland stammender Deichbaumeister, der als „General-Deichgraf" der schleswig-holsteinischen Herzöge u. a. in Eiderstedt, auf Nordstrand und nördlich von Niebüll (Gotteskoog) gearbeitet hat. Er hat die Schubkarre beim Deichbau eingeführt (deshalb auch Carsten Rollwagen genannt) und dem Deich des Sieversflether Kooges in Eiderstedt 1610 zum erstenmal in „eine gar flache Form" gebracht.

2. Jean Henri Desmercieres, „Geheimer Conferenzrath“ des dänischen Königs. Er erwarb 1728 den Oktroy (Deichrecht) für das „Vorland“ in der Bredstedter Bucht und deichte dort 1742 den Sophie-Magdalenen-Koog, 1767 den Desmerciereskoog und 1771 auf Nordstrand den Elisabeth-Sophien-Koog ein. Dabei verwendete er die inzwischen wieder in Vergessenheit geratene „flache Form“ der Deiche, die Koot eingeführt hatte und die in der Stormschen Novelle Hauke Haien zugeschrieben wird.

3. Hans Momsen aus Fahretoft (hart nördlich des heutigen Hauke-Haien-Kooges, zwischen Bredstedt und Niebüll). Er lebte von 1735 bis 1811, war der Sohn eines Deichvogts und 1787 selbst Deichvogt. Bekannt vor allem als „Rechner“, als Mathematiker, Astronom und Navigationslehrer. In der Novelle weist Storm selbst auf sein Vorbild hin: „Ihr hörtet wohl schon, Herr, die Friesen rechnen gut, und habet auch wohl schon über unsern Hans Mommsen von Faretoft reden hören“ (S. 27 f.).

4. Johann Iwersen Schmidt (1798–1875), Hofbesitzer auf Lundenberg, nordwestlich von Hattstedt. Von 1837 bis 1875 Deichgraf im Neuen Hattstedter Koog, also gerade in dem Gebiet, das Storm sich als Schauplatz seiner Novelle vorstellt (s. u.). Der Deichgraf stürzte 1875 vom Pferd und ertrank; er wurde auf dem Hattstedter Friedhof begraben (vgl. das Begräbnis des Deichgrafen Tede Volkerts in der Novelle S. 62).

Zur Gestalt des gespenstischen Reiters

Storm hatte ein besonderes Interesse für Sagen und Spukgeschichten. In den 40er Jahren z. B. hat er an Müllenhoffs Sagensammlung mitgearbeitet, 1862 hat er „Kamin“-Geschichten veröffentlicht, und seit 1880 – das zeigt uns die Entstehungsgeschichte der „Sylter Novelle“ – hat er C. P. Hansens Sagenbücher wieder hervorgeholt. Daß Storm sich aber nicht nur für friesische und schleswig-holsteinische Sagen interessierte, zeigen neueste, von der Storm-Gesellschaft veranlaßte, bisher unveröffentlichte Untersuchungen. Danach hat Storm sich im Laufe der Jahre (ohne die Bücher C. P. Hansens und Müllenhoffs) mehr als 20 verschiedene Sagensammlungen angeschafft: Sagensammlungen aus Ostpreußen, Potsdam, Lübeck, Hamburg, Bremen, Stuttgart, Wien, aus dem Neckartal, dem Voigtland, aus der Oberlausitz, aus Oldenburg, Westfalen, aus Frankreich und aus der Schweiz! Sicherlich hat Storm diese Bücher bei den Vorarbeiten zum „Schimmelreiter“ zu Rate gezogen, vielleicht hat er in ihnen sogar nach der verlorengegangenen Sage vom „gespenstigen Reiter“ gesucht. Er fand in ihnen auch das Motiv „soll der Deich sich halten, so muß was Lebiges hinein“, das er in der Novelle verwertete (S. 70 u. S. 94). Ähnlich, durch ein Menschenopfer, wird in einer ostpreußischen Sage der

„Damm bei Sommerau“ (Berlin 1837, S. 109) und bei Müllenhoff der „Stördeich bei Heiligenstedten“ (4. Aufl., S. 242) gerettet. Im Oldenburgischen gelingt es, eine Bruchstelle dadurch zu schließen, daß ein junger Bursche einen Wagen und die „rasenden Mähren“ in die Flut hineintreibt (Oldenburg 1862, 2. Bd., S. 266 f.). Im „Sagenbuch des Voigtlandes“ fand Storm sogar Sagen von Schimmelreitern und gespenstischen Männern (Gera 1871, S. 62 f., 66 f.), aber die Schimmelreitersage, die er in seiner Jugend gelesen hatte, fand er dort nicht. Heute wissen wir, daß es wahrscheinlich zwei Sagen waren, die den ersten Anstoß zu seiner Novelle gegeben haben:

1. Eine Weichsel-Sage, die am 14. April 1838 im „Danziger Dampfboot“ (Nr. 45, S. 344 f.) erschienen war und die Storm dann im 2. Band von „Pappes Hamburger Lesefrüchten“ desselben Jahrgangs (vgl. die Einleitung der Novelle!) gelesen hatte. Der vollständige Text nach dem Erstdruck im „Danziger Dampfboot“ lautet:

Der gespenstige Reiter
Ein Reiseabentheuer

Es war in den ersten Tagen des Monates April, im Jahr 1829 – so erzählte mir mein Freund – als Geschäfte von Wichtigkeit mein persönliches Erscheinen in Marienburg erforderlich machten; ich mußte mich also zu einer Reise dahin entschließen, so gern ich sie auch bis zur schönern Jahreszeit aufgehoben hätte, denn wer selten reiset, macht so eine Partie lieber bei schönem Wetter; allein die Nothwendigkeit der Sache machte, daß ich meine Reise beschleunigen mußte. Ein gemiethetes Reitpferd stand um 4 Uhr Nachmittags vor meiner Thüre; ich ließ den Braunen nicht lange warten, schwang mich hinauf, und nach wenigen Minuten hate ich mein liebes Danzig im Rücken.

Mein Weg längs der Chaussee ging gut, und das einzige Hinderniß, welches ich zu bekämpfen hatte, war das kalte, unangenehme, regnigte Wetter.

Durchfroren und durchnäßt kam ich bei ziemlicher Dunkelheit in Dirschau an; stieg im erstgelegenen Gasthofe ab, um ein wenig zu ruhen, meinem sich einfindenden Appetit durch einen Imbiß zu begegnen und durch einen erwärmenden Trunk meine Glieder zu erfrischen; fragte unter Anderm den Wirth, wie es mit der Weichsel stände, und bekam zur Antwort: „Schlecht, Ihr Hinüberkommen wird nicht allein beschwerlich, sondern auch gefährlich sein.“ Doch ich durfte mich nicht abschrecken lassen, weil ich nach meinem Bestimmungsorte mußte, und wo möglich wollte ich dort noch an demselben Abende eintreffen; ich bezahlte dem Wirthe meine Rechnung und eilte weiter; aber angekommen an der Weichsel wurde ich von den Fährknechten zu meinem Schrecken unterrichtet, daß das heutige Hinüberkommen für keinen Preis ausführbar sei, wenn ich nicht mit Gewalt in die Arme des Todes eilen wolle; auch sahe ich zum Theil die Unmöglichkeit der Sache wohl selber ein; doch wurde mir der Vorschlag gemacht, daß ich bis zur Güttländer Fähre reiten solle, weil dort das Hinüberschaffen wohl noch zu bewerkstelligen sein würde, ich ließ mir dieses nicht zwei Mal sagen, griff in die Zügel, lenkte um, und fort ging's zur Güttländer Fähre. – Dunkler und dunkler wurde es rings um mich, nur hin und wieder drang das Leuchten eines Sternes durch die Nebelwolken, fremd war mir die in schwarze Schatten gehüllte Gegend, kein menschliches Wesen erblickte ich, und nur das Brausen des Sturmes und das Geprassel des, durch das Wasser immer höher gehobenen und geborstenen Eises waren meine schaurigen Begleiter. – Da plötzlich höre ich dicht hinter mir das rasche Trappeln eines Pferdes, und freudig, in dem Wahne, einen Gesellschafter nahe zu haben, blickte ich mich erwartungsvoll um und sehe – Nichts – wohl aber trabt es immer schärfer und näher, mein Brauner schnaubt und stampft, kaum vermochte mein spitziger Sporn ihn vorwärts zu treiben, und ein kalter Schauer überlief meinen ganzen Körper; doch beruhigte ich mich, da mein sonderbarer Begleiter verschwunden zu sein schien; als ich ihn aber plötzlich wieder, ohne ihn zu sehen, vor mir hersprengen hörte, war es, als wollten mir meine Glieder die Dienste versagen, ein Fieberfrost durchrieselte mich und mein Pferd wurde höchst unruhig; was aber die Unheimlichkeit noch vermehrte, war: daß dieses unbegreifliche Wesen mir plötzlich und pfeilschnell vorüber zu sausen schien, so hörte sich das ungewöhnliche Geräusch wenigstens an, welches sich wieder allmählich verlor, um aber, wie es schien, mit erneuter Schnelligkeit zurückzukehren; es wieder hören, dicht hinter mir haben, die anscheinende Gestalt eines weißes Pferdes, mit einem schwarzen, Menschen ähnlichen Gebilde drauf sitzend, mir im fliegenden Gallop vorbeireiten zu sehen, war Eins; mein Brauner machte einen Seitensprung und es fehlte nicht viel, so wären wir Beide den Damm, ohne es zu wollen, hinabgestürzt.

Ich habe die letzten Feldzüge mitgemacht, feindliche Kugeln tödteten neben mir meine besten Kameraden, vom Kanonendonner bebte die Erde, doch mich machte nichts erbeben; aber hier auf dem Weichseldamme, ich gestehe es zu meiner Schande, zitterte ich an allen Gliedern. –

Da hörte ich in der Ferne das Bellen eines Hundes, und wurde das Blinken eines Lichtes gewahr. Ha! dachte ich, da werden sich auch Menschen befinden, wie du einer bist, schnell ritt ich dem Lichtscheine entgegen, und kam an eine sogenannte Wachtbude; ich stieg ab, und fragte die darin versammelte Menge, ob ich bei ihnen die Nacht über weilen könnte – denn für heute war ich des Reisens satt – und meine Frage wurde mit „Ja“ beantwortet.

Froh, ein schützenden Obdach gefunden zu haben, brachte ich zuerst mein Pferd in Sicherheit, setzte mich dann ruhig in eine Ecke, pflegte mich, so gut es sich thun ließ, und hörte die Gespräche der Landleute, die hier auf Eiswache waren, mit an; ließ aber wohlbedächtig, um mich nicht Reibereien Preis zu geben, nichts von meinem überstandenen Abentheuer merken.

Da war's, als rauschte irgend etwas dem Fenster vorbei. Mit einem Schreckensausruf sprangen mehre Männer auf, und einer von ihnen sagte: „Es muß irgendwo große Gefahr sein, denn der Reiter auf dem Schimmel läßt sich sehen“; und der größte Theil eilte hinaus.

Der Reiter nun befremdete mich nicht, wohl aber die gemachte Bemerkung, weßhalb ich den neben mir sitzenden alten Mann ersuchte, mir hierüber eine genügende Erklärung zu geben, worauf ich folgende Auskunft erhielt:

„Vor vielen Jahren, da sich auch unsere Vorfahren hier einst versammelt hatten, um auf den Gefahr drohenden Eisgang genau Acht zu haben, bekleidete ein entschlossener, einsichtsvoller und allgemein beliebter Mann aus ihrer Mitte das Amt eines Deichgeschworenen. An einem jener verhängnißvollen Tage entstand eine Stopfung des Eises, mit jeder Minute stieg das Wasser und die Gefahr; der erwähnte Deichgeschworene, der einen prächtigen Schimmel ritt, sprengte auf und nieder, überzeugte sich überall selbst von der Gefahr und gab zu deren Abwehr die richtigsten und angemessensten Befehle; dennoch unterlagen die Kräfte der schwachen Menschen der schrecklichen Gewalt der Natur, das Wasser fand durch den Damm einen Durchweg, und schrecklich war die Verheerung, die es anrichtete. Mit niedergeschlagenem Muthe kam der Deichgeschworene in gestrecktem Gallop beim Durchbruche an, durch den sich das Wasser mit furchtbarer Gewalt und brausendem Getöse auf die so ergiebigen Fluren ergoß; laut klagte er sich an, auf diese Stelle nicht genug Acht gegeben zu haben, sah darauf still und unbewegt dieses Schrecken der Natur einige Augenblicke an; dann schien ihn die Verzweiflung im vollen Maaße zu ergreifen, er drückt seinem Schimmel die Sporen in die Seiten, ein Sprung – und Roß und Reiter verschwinden in den Abgrund. – Noch scheinen Beide nicht Ruhe gefunden zu haben, denn sobald Gefahr vorhanden ist, lassen sie sich noch immer sehen.“ –

Ich setzte am Morgen meine Reise weiter fort, sah den Reiter nicht wieder, wohl aber die schreckliche Verheerung, die das Wasser im obengenannten Jahre angerichtet hatte. –

Hiermit schloß mein Freund, betheuerte die Wahrheit der Sache und schien durch mein Kopfschütteln verdrießlich werden zu wollen. . . . n.

2. Außer dieser Weichselsage hat Storm als Knabe offenbar auch eine – bisher allerdings noch nicht exakt nachgewiesene – schleswig-holsteinische Sage kennengelernt. Storm berichtet 1873 darüber: „Dann erzählte Lena Wies . . . mochte es nun die Sage von dem gespenstischen Schimmelreiter sein, der bei Sturmfluten nachts auf den Deichen gesehen wird und, wenn ein Unglück bevorsteht, mit seiner Mähre sich in den Bruch hinabstürzt, oder mochte es ein eigenes Erlebnis sein“ (in „Lena Wies“).

Hinweise, daß eine solche Sage im norddeutschen Raum erzählt worden ist, finden sich bei Müllenhoff, und zwar in einer Sage, die C. P. Hansen (!) der Sammlung beigesteuert hat (4. Aufl., S. 176 f.) und die von einem Strandvogt auf Sylt erzählt, der, weil er einmal versagt hat, „fortwährend am Strand umherirrt und bei Nachtzeit die Schiffbrüchigen rettet“. In der Anmerkung (S. 177) wird ebenfalls deutlich auf ein Schimmelreitermotiv verwiesen: „In Lauenburg: Ein Deichgraf reitet den Deich an der Elbe entlang, um nachzusehen. Man zwingt ihn in die Fluthen hinein zu reiten. Seitdem sieht man ihn allnächtlich auf seinem weißen Pferde.“

Die Erinnerung an die Weichselsage aber ist in dem Dichter offenbar stärker gewesen als die Erinnerung an die norddeutsche Sage. Denn als Storm von seinem Freunde Th. Mommsen Ende 1842 aufgefordert wird, der oben genannten Sagensammlung die Schimmelreitersage beizusteuern, antwortet er am 13. Januar 1843: „Der Schimmelreiter, so sehr er auch als Deichsage seinem ganzen Charakter nach hierher paßt, gehört leider nicht unserm Vaterlande; auch habe ich das Wochenblatt, worin er abgedruckt war, noch nicht gefunden.“ Wie 1843, so zeigt sich 42 Jahre später, daß es die Weichselsage ist, die einen unauslöschlichen Eindruck auf den Dichter gemacht hat, daß er sich aber nicht mehr genau erinnern kann, wo er diese Sage gelesen hat und in welchem Raum sie zu Hause ist. Denn in dem unveröffentlichten Brief Storms an Eckermann vom 10. Februar 1885, aus dem wir schon einmal zitiert haben, heißt es: „Es ist die, ich glaube, ostfriesische Sage vom ‚Schimmelreiter‘, die jetzt in mir spukt, die ich in meinem achten oder neunten Jahr, Gott weiß wo, las, und nicht habe wiederfinden können."

Für die historischen Ereignisse

Storm hat sich bei den Vorarbeiten zur Schimmelreiternovelle auf verschiedene Chroniken und Abhandlungen gestützt. Die Benutzung von zwei Werken können wir exakt nachweisen:

1. „Anton Heimreichs nordfriesische Chronik" vom Jahre 1668 (ein Exemplar dieser Chronik tauchte jetzt im Storm-Nachlaß auf; vgl. Abb. 8). In dem Band finden sich ausführliche Angaben über die nordfriesischen „Harden" S. 45 ff.), über „beschehene Beteichungen" und „ergangene Wasserfluthen" (z. B. S. 131 ff., S. 329 und 355 ff.). Auch die in der Novelle genannte (S. 106) Sturmflut von 1655 wird erwähnt: „Wie denn auch Anno 1655, den 4. Aug. ein schrecklicher Südweststurm entstanden, dadurch der teich von Bredstedt nacher Husum überall eingebrochen" (S. 408).

Daß Storm dieses Werk als Quelle benutzt hat, läßt sich durch folgende Stellenvergleiche einwandfrei beweisen:

In Heimreichs Chronik:	*In Storms „Schimmelreiter":*
„An. 1653, den 1. Maij ist . . . ein groß geschmeiß einer sonderlichen art von fliegen fast wie ein schnee heruntergefallen, daß man nerlich die augen dafür hat können auffthun" (S. 325).	„[Man] begann immer lauter von allerlei Unheil und seltsamem Geschmeiß zu reden, das die Menschen in Nordfriesland erschreckt haben sollte: . . . im Hochsommer fiel, wie ein Schnee, ein groß Geschmeiß vom Himmel, daß man die Augen davor nicht auftun konnte" (S. 111).
„Wie auch An. 1636 . . . in des landschreibers behäusung ein sonderbahres blutzeichen ist geschehen, massen da er sich waschen wollen, er nicht allein zu unterschiedenen malen blut gefunden, sondern auch im handbecken 5 todtenköpffe gesehen, die theils wie ein erbs, theils etwas grösser gewesen" (S. 322).	„Nicht bloß Fliegen und Geschmeiß, auch Blut ist wie Regen vom Himmel gefallen; und da am Sonntagmorgen danach der Pastor sein Waschbecken vorgenommen hat, sind fünf Totenköpfe, wie Erbsen groß, darin gewesen" (S. 112).

Die z. T. wörtliche Übernahme ist erstaunlich; sie stellt der Stormforschung die Aufgabe, das Verhältnis von Quelle und Dichtung im Hinblick auf die Schimmelreiternovelle neu zu untersuchen.

2. „Sammlung einiger Husumischen Nachrichten" von J. Laß, Flensburg 1750 f. (Storm hat dieses Werk mehrfach bei den Vorarbeiten für seine Novellen benutzt; er erwähnt es ausdrücklich in seinen „Kulturhistorischen Skizzen"). Auch in diesem Werk hat der Dichter allerlei Material für die Schimmelreiternovelle gefunden, u. a. Hinweise auf die Sturmflut von 1756, die in der Novelle dem Deichgrafen Hauke Haien und seiner Familie zum Verhängnis wird. Wir drucken die betreffenden Stellen nach dem Faksimile aus einem alten Bande ab.

Der 11te Sept. des 1751sten Jahres annoch unvergessen, jedoch bleibt der 7. Octobr. dieses Jaars in mehrerem ja fürchterlicherm Andenken, zumahl da bekannt, daß die Gefahr, so dieser Tag theils durch einen abscheulichen Sturm-Wind, theils durch die außerordentliche wütende Wellen des schäumenden und hoch auflauffendes Wassers, so wohl Jungen als Alten angedrohet hat, bis auf die späteste Zeitem Spuren nachlassen werde. Ich beziehe mich überhaupt in Hinsicht anderer Oerter auf die politische Zeitungen vom Octobr. Monaht h. a. In Hinsicht der Stadt Husum, und deren auf der Nähe derselben belegenen Orter, und Halligen aber bemerke folgende erschreckende Umstände.

Der Wind wehte an demselben Tage erstlich aus dem Westen, nochhero drehete selbiger sich nach Nord-Westen, und fing an dergestalt heftig zu werden, daß auch die aller älteste Leute dergleichen Sturm-Wind gehöret zu haben, sich nicht entsinnen können.

So heftig dieser Sturm war, so heftig fing das Wasser an zu steigen. Die Wuth desselben war unbeschreiblich.

Die Hattstetter Marsch brach durch und bekam eine Wehle von 7 Ruten breit und 16 Ruten tief, welche jedoch nach Ablauf einiger Wochen Gott Lob! wieder zugeschlagen wurde.

Ernst Karl Laage (Hrsg.): Theodor Storm, Sylter Novelle/Der Schimmelreiter. Heide 1970, S. 127 ff.

2a Die Natur als Hintergrund der Erzählung

Wie ganz besonders in Nordfriesland Natur und Naturgeschehen mit ihrer Urgewalt und Größe Menschen und Menschenschicksale formen, wie innig und zwangsläufig der einzelne in das Wechselspiel der Natur hineinverwoben ist, das tritt auch bei Storm in seiner Meister- und Altersschöpfung überall greifbar und überzeugend in Erscheinung.

Mit Vorrang beherrscht das Meer diese Dichtung. Sein Atmen ist allerorts spürbar, alles wird in eine geheimnisvolle Beziehung zum Meer gebracht. Als wir zum erstenmal Elke erblicken, schaut sie auf das Meer hinaus, als Hauke zum erstenmal seinen Schimmel besteigt, springt dieser sofort auf den Deich hin und wendet seinen Kopf zurück, so das Meer grüßend. Das Meer ist ein Teil jenes ungeheuren Gefahrenbereichs, der des Menschen kleine Welt umgibt, es ist der Rand jenes „Nichts“, in das wir nach Storm ohne Rückkehr und Wiedersehen eingehen. „Wasser, das Wasser!“ jammert Elke, als sie in ihren Fieberphantasien sieht, wie Hauke zum Meere hinausgetragen wird und versinkt; und als ob der Schrecken vor dem Meere sich vererben könnte, wiederholt ihr Kind den Schrei beim ersten Anblick des Meeres: „Das Wasser, Vater, das Wasser!“ Des Meeres silberglänzende Oberfläche, durch eine Luftspiegelung emporgehoben, blinkt bei dem Tode der alten Trin Jans herein und verbindet sich mit dem Motiv der Geisterinsel und dem des ertrunkenen Matrosen.

Das Meer erscheint hier nicht als ein bewohnbarer Bereich, als ein Handelsweg oder eine Quelle des Lebens. Nur einmal hören wir vom Fischen, und dann endet es mit dem Tod des Fischers. Niemand wagt sich zum Vergnügen auf das Wasser, nichts von seinem romantischen Zauber wie in „Eine Halligfahrt“, nichts von der heidnischen Freude an der salzen See wie in „Psyche“. Ob sie ihre Toten auswirft oder behält, die See bleibt etwas Fremdes und Unheilvolles.

Die ungeheure Ausdehnung des Wassers paart sich mit den weiten Landflächen innerhalb des Deiches: „Die weite Marsch“ und „das weite Wattenmeer“ sind oft wiederholte Wendungen. Gleich zu Beginn findet sich der Reisende zwischen diesen beiden Einöden. Die „weite Öde“ von Strand und Meer wird der Lieblingsort des jungen Hauke. Oft hört man in jener grenzenlosen Einsamkeit keinen Laut als das Aufschlagen der Flut. Wiederholung vermittelt ein Gefühl ihrer Weite: „Die leere, weite Marsch“, „die weite Gegend“, „die weite Weidefläche“, „die breite Landfläche“, „die ungeheure Weite“, „die weite Landschaft“. Schweigen liegt lastend über ihr: in der kalten Nacht glitzern die Sterne „über der schweigenden Marsch"; Dunkelheit und Stille lassen sich „über die ungeheure Ebene" herab; sie liegt „in lautlosem Schweigen", oder ihre weite Stille wird von vereinzeltem Gebrüll der Kühe unterbrochen. Wir sehen „die weite Marsch" aus dem weißen Morgennebel sich enthüllen oder eingebettet in die Schatten eines Unheil verkündenden Abends oder ihre „unermeßliche weißbereifte Weidefläche" sich ausbreiten in einer winterlichen Mondnacht. Mit der gleichen eindrucksvollen Wiederholung werden uns „die unabsehbare, eisbedeckte Fläche der Watten", „das weite Wattenmeer", „die Watten, breit, fast unabsehbar", „die unabsehbaren Watten" geschildert.

In großem künstlerischem Können verwebt Storm die Gestaltung seines Werkes mit der Schilderung von Sonnenlicht und Mondschein, von jagenden Wolken und kriechenden Nebeln. Der Wind bläst in unzähligen Tonarten, eine beständige Begleitmusik der Handlung, jedem bodenverwurzelten Küstenbewohner zugleich eine beglückende Symphonie seines Lebens. Am gefährlichsten ist der Nordwest, der Sturm und Verderben bringt. Storm hat mannigfache, sich wiederholende Bilder, um dem Leser ein Gefühl von der Kraft des Windes zu vermitteln: er zerrt an dem Reiter und droht, ihn von seinem Pferde wegzuwehen; er rattert an Fenster und Fensterläden; er bewegt Kleider und Mäntel hin und her; er verwirrt das Haar.

Mit dem Thema vom Winde ist das der Möwen verknüpft. Vom Sturme hin und her getrieben, schreiend und den einsamen Wanderer mit ihren langen Flügeln fast streifend, verstärken sie die wilde Stimmung der ersten Szene. In anmutigem Fluge kreisend, bezeichnen sie dann wieder den Frieden, der dem Sturme folgt, oder verstärken den trügerischen Schein der Güte der Natur. Sie leisten dem einsamen Knaben auf dem Deich Gesellschaft, sie sind Zeugen seines Spiels und seiner Arbeit, sie kreischen höhnisch, als er eine halbzahme Schwester ihrer Schar zermalmt, und ihre Schreie begleiten noch sein geisterhaftes Erscheinen in Sturmnächten.

Das Licht wird ganz naturgemäß dazu benutzt, die Sicherheit des Heimes und des geselligen Beisammenseins zu verdeutlichen. Mit einem Gefühl der Erleichterung begrüßt der Reisende die „Lichtscheine" des Dorfes und des Wirtshauses, übrigens der dortigen Örtlichkeit getreu nacherzählt. Zwei Kerzen, die immer auf dem Tisch im Hause des Deichgrafen brennen, bezeugen dessen Bedeutung und Wohlstand; später dringt der Sturm ein und löscht sinnbildlich eine der Kerzen aus. Festliche Lichter leuchten beim Tanze. In der mondlosen Dunkelheit sieht der verzweifelnde Hauke ein einsames Licht aufglänzen wie einen Gruß von Weib und Kind, und andere Lichter von der Geest her zeigen die Sicherheit der Dorfbewohner an. Von neuem begegnet sein Auge dem trostvollen Schein. Aber seine Lieben ertrinken, und obgleich das Licht noch immer von seinem Hause her leuchtet, ist es seelenlos geworden. Auch er wählt den Tod, und danach sehen wir als kunstvollen Abschluß, wie das ferne Licht seinen zitternden Widerschein auf die schäumenden Wogen wirft.

Ein anderes Zeichen der Beständigkeit ist die Riesenesche, ein dichterischer Sprößling der Weltesche, die vor dem Deichgrafenhause als Zeichen seines Vorranges steht. Sie ist der höchste Baum im Dorfe, und von ihr aus kann man die ganze Landschaft überschauen. Sie ist die einzige Überlebende von dreien ihrer Art, die drei Generationen der „regierenden Familie" bedeuten. Sie ist das Symbol der Tradition: ihre Blätter, die bei dem unaufhörlichen Winde an dieser Küste rauschen, scheinen von vergangenen Zeiten zu erzählen. Ein aufkommender Sturm schüttelt – einem Vorzeichen kommender Sorge gleich – ihre Zweige, ihr Rauschen begleitet die Geschichte des Hauses. Als Hauke den unheilvollen Schimmel heimbringt, hält er unter der Esche. Sie wird ein Ehrensitz für die kleine Wienke. In dem letzten Sturm erfährt sie eine tödliche Überanstrengung gleich der Familie, die sie versinnbildlicht, „die alte Esche knarrte, als ob sie auseinanderstürzen solle". In einem abschließenden Bilde sehen wir, wie ihre Zweige wild die Luft peitschen, während Elke sich an ihren Stamm klammert und Hauke auf seinem letzten seewärts gerichteten Ritt nachspäht – ein beredtes Sinnbild der Hoffnungslosigkeit und des herannahenden Unterganges.

In uraltem Ablauf finden so Wind und Wogen, Sturm und Stille, Düsternis und Helle, Säen und Blühen, Ernten und Vergehen, Weite der Landschaft und Seele der Heimstatt einen zeugenden Niederschlag in Charakter und Schicksal der Menschen unserer Meeresküste, dieser Amphibienlandschaft, und aus solch wesensbestimmenden Zusammenhängen kam das alte stolze Wort:

„Gott schuf das Meer, der Friese die Deiche."

3. Gang der Handlung

Im ersten weiten Rahmen berichtet der Autor, was ihm vor etwa einem halben Jahrhundert beim Lesen alter Zeitschriften im Hause der Urgroßmutter bekannt geworden; im zweiten Rahmen kommt dann der Erzähler zu Wort, der um das Jahr 1830 bei starkem Unwetter einen Deich in Nordfriesland entlangreitet, wobei ihm mehrmals eine auf hagerem Schimmel mit fliegendem Mantel unheimlich lautlos vorbeihuschende Männergestalt erscheint, die schließlich in einer Wehle verschwindet. Im nahegelegenen Wirtshaus findet der Mann Schutz vor dem Unwetter; die anwesenden Männer von der Deichwache erklären ihm, es sei der Unheil verkündende „Schimmelreiter" gewesen. Der Schulmeister jedoch, der gegen den Aberglauben der anderen spricht, beginnt eine Geschichte zu erzählen, die nun den eigentlichen Kern der Novelle bildet. Mehrfach kommentierend und wertend vom Erzähler und vom Schulmeister unterbrochen, stellen sich dem Leser folgende Ereignisse dar:

Um die Mitte des 18. Jahrhunderts lebt in dieser Landschaft ein Deichgraf, der von Deich- und Sielsachen mehr versteht als alle anderen Bauern. Schon sein Vater, Tede Haien, ein Kleinbauer, gilt aufgrund seiner Studien als klügster Mann der Umgebung; sein einziger Sohn, Hauke, hat vom Vater die grüblerische Art und den Drang nach rastloser und gründlicher Weiterbildung geerbt. Mit scharfen Augen beobachtet er das Meer, liegt am liebsten draußen auf dem Deich oder treibt sich in den weiten Watten umher. Früh kommt ihm der Gedanke, wie das Land am besten vor dem „Blanken Hans" zu schützen sei. Dabei verliert er den Boden der Wirklichkeit und versenkt sich in das geheimnisvolle Walten überirdischer Geister, die er in den wallenden Nebeln der Abenddämmerung zu schauen vermeint. Das Ergebnis alles Sinnierens und Suchens ist für Hauke klar: die Deiche sind nutzlos, weil falsch konstruiert. Durch ein Buch wird er mit den Grundlagen der Mathematik bekannt, doch der Vater steckt den nutzlos herumlaufenden Sohn unter die Schlickarbeiter, um ihn an planvolles Schaffen zu gewöhnen. Wie sehr die Entwicklung des Jungen, einsam in Gesellschaft des wortkargen Vaters, ganz sich selbst überlassen, ohne Mutter und etwas wild aufgewachsen, zum Schlechten zu geraten droht, zeigt sich, als er den Angorakater der alten Trin Jens in plötzlich aufwallendem Zorn erwürgt.

Der Vater gibt ihn in den Dienst des altersmüden, geistig schwerfälligen und verfressenen Deichgrafen Tede Volkerts als Kleinknecht. Damit ist vor allem dessen Tochter Elke einverstanden, denn die vielen Rechnungen und Amtsgeschäfte bereiten dem Vater viele Kopfschmerzen; fortan kann er auf die Hilfe des Schulmeisters verzichten und alles dem anstelligen Hauke überlassen, der auch bald unentbehrlich wird. Ein Feind fürs Leben erwächst ihm freilich gleichzeitig in Ole Peters, dem Großknecht, als dieser Haukes geistige Überlegenheit verspürt und Elkes Zuneigung für den verhaßten Knecht erkennt. Beim winterlichen Eisboßeln bemüht er sich vergeblich, den Hauke auszuschließen; er muß sogar erleben, wie dieser als gefeierter Sieger aus dem Turnier hervorgeht, und mehr noch, wie Elke beim abendlichen Tanzvergnügen nur mehr Augen für Hauke hat.

Endlich kündigt Ole seinen Dienst und heiratet trotzig die grobe, dicke Vollina, Tochter des Deichbevollmächtigten Jeß Harders. Wachen Sinns überwacht Hauke den Deich und bringt frischen Schwung in die vernachlässigten Geschäfte des Deichgrafen. Zwischen ihm und Elke hat sich aus einer anfänglichen Wertschätzung eine zarte Liebe entwickelt.

Kurz vor seinem Tod stellt der Vater dem Hauke seine neuerworbenen und ersparten Vermögenswerte vor und bestärkt ihn im Vorhaben, einmal selbst Deichgraf zu werden. Nach dem Tod des Vaters übernimmt er, inzwischen zum Großknecht aufgerückt, die Katenstelle des Vaters, wird von Elke umsichtig gefördert und verwaltet weiter fleißig die Deichgeschäfte. Die beiden jungen Leute verbinden sich inniger und versprechen einander die Ehe. Nicht lange danach stirbt Elkes Vater, und als der Oberdeichgraf bei der Beerdigung die Frage nach einem angemessenen Nachfolger aufwirft, überzeugt ihn Elke zwar gemessen mit feinem Takt, doch zugleich mit dem ganzen Stolz einer Friesin davon, daß kein anderer als Hauke Haien zum Deichgrafen geeignet sei, und wird dabei von ihrem Paten Jewe Manners würdig und wirkungsvoll unterstützt. Hauke und Elke heiraten, Hauke wird Deichgraf und waltet mit unermüdlichem Eifer, aber auch mit unerbittlicher Strenge seines Amtes. Das häßliche Wort, er sei nur Deichgraf seiner Frau wegen, das Ole Peters aufbringt, verhärtet sein Wesen und läßt in ihm den Entschluß aufkeimen, durch eine außerordentliche Leistung unter Beweis zu stellen, daß er sein Amt wirklich aus eigener Kraft ausfüllen kann. Der Plan Haukes besteht darin, ein Stück Wattenmeer durch einen neuartigen Deich, der zur Seeseite allmählich abfällt, abzutrennen und dadurch neues Weideland zu gewinnen. Viele Widersacher finden sich in der Gemeinde, allen voran Ole Peters, der heimlich gegen den Deichgrafen hetzt. Trotz dieser Widerstände gelingt es Hauke, die Finanzierung zu sichern und den neuen Deich in der Planung voranzutreiben. Gleichzeitig vergrößert er den väterlichen Besitz und wird in seiner unermüdlichen und rastlosen Tätigkeit von seinem treuen Weib unterstützt. In dieser Zeit bemerken der junge Knecht Iven Johns und der Kleinknecht Carstens auf der Hallig Jeversand, wo bei Tage die gebleichten Gerippe einiger Schafe und eines Pferdes auszumachen sind, ein weidendes Pferd in trüber, nebliger Stimmung des Mondlichts. Die Begier, Unheimliches zu schauen, beflügelt allmählich ihre Phantasie, und sie beschließen, zur Hallig zu fahren und nachzuschauen, was das für ein geheimnisvolles Pferd sei. Doch enttäuscht müssen sie erfahren, daß es dort kein Pferd gibt, daß nur die gebleichten Knochen herumliegen. Dennoch bestärkt sie die phantastische Einbildung im Glauben an eine übernatürliche Erscheinung. Gleichzeitig kauft Hauke von einer zwielichtigen Gestalt ein heruntergekommenes, völlig verwahrlostes Pferd; einen Schimmel, den nur er füttert und pflegt, an den Carsten nicht herangehen darf. Dieses eigentümliche Pferd erholt sich rasch unter den Händen des Deichgrafen und nur dieser reitet mit ihm aus. Carstens aber erzählt nun jedem, der es hören will, dieser Schimmel sei jenes ausgeblichene Gerippe von Jeversand, das nun verschwunden ist. Er kündigt seine Dienste und erzählt abergläubisch von einem angeblichen Teufelspakt des Deichgrafen.

Nachdem der Oberdeichgraf Haukes Plan genehmigt hat, setzt dieser ihn mit Hilfe des greisen und angesehenen Jewe Manners allen Widerständen zum Trotz durch. Die Eindeichung des neuen Kooges wird in Angriff genommen und schreitet unter Haukes umsichtiger und energischer Leitung zügig fort; auf seinem Schimmel reitend überwacht er den ganzen Sommer hindurch die Arbeiten, lobt die Fleißigen, spornt immer wieder an und tadelt oder entfernt die Nachlässigen, bis dann der Winter dem Werk Einhalt gebietet und es unfertig liegenbleiben muß. Das üble Gerede um Hauke geht weiter; er merkt zuerst nichts, denn er ist zu sehr mit dem Werk beschäftigt. Doch wenn er mit seinem Schimmel von einer Arbeitsstelle zur anderen reitet, so spürt er, wie sich alle feindselig oder doch abweisend gegen ihn verhalten, und Iven schürt diese Feindseligkeit, indem er den „Schimmelreiter“ mit dem falschen Glanze des Aberglaubens umgibt.

Im neunten Jahre ihrer Ehe bringt Elke endlich ein lange ersehntes Kind zur Welt; doch Elke ist durch Geburt und Kindbettfieber sehr geschwächt und scheint dem Tode nahe. Da ringt Hauke mit Gott und bezweifelt dessen Allmacht, ja maßt sich größere Rechte an seiner Frau an; dieser gotteslästerliche Ausbruch des besorgten Gatten verbreitet sich in der Gemeinde rasch und verstärkt bei den engstirnigen Menschen die Vorstellung vom Deichgrafen, der sich dem Teufel verschrieben hat. Auch Hauke erfährt davon, und Trotz und Strenge verhärten sein Wesen. Er findet Ruhe allein bei der Wiege des geliebten Kindes und bei seiner Frau, die treu zu ihm steht.

Nach dem Tode des hochangesehenen Jewe Manners rückt Ole Peters in das Amt des Gevollmächtigten ein und bereitet Hauke mehr Schwierigkeiten als vorher. Mit dem Beginn des Frühjahrs werden die Arbeiten am neuen Koog wieder aufgenommen und im Herbst soll der neue Deich geschlossen werden. Da entdeckt Hauke bei einem Inspektionsritt, wie ein hergelaufenes Hündchen von den Arbeitern in den Deich eingegraben werden soll, als lebendiges Opfer, ohne das nach dem Volksglauben solch ein Werk nicht gedeihen könne. Der Reiter springt dazwischen, verbietet die abergläubische Tat und nimmt, als er die finsteren Gesichter und die drohend erhobenen Fäuste und Spaten erblickt, den kleinen Hund mit sich. Er gibt ihn seiner Tochter Wienke als Spielgefährten.

Endlich ist der neue Deich geschlossen, und die Abnahme durch die Behörde gestaltet sich für Hauke und Elke zum Freudenfest und zum Höhepunkt ihres gemeinsamen Lebens. Mit Stolz vernimmt Hauke bald, daß die Leute den Koog mit seinem Namen als „Hauke-Haien-Koog“ bezeichnen. Er hat in weiser Voraussicht zahlreiche Anteile darin erworben und vermehrt seinen Besitz beträchtlich. Die Feindschaft mit Ole Peters vergrößert sich aber ebenfalls.

Die Jahre vergehen, der neue Koog wird in fruchtbares Land verwandelt, der Deich bewährt sich und die Ausbesserungskosten sind gegenüber früher gesunken. Die zunehmende Gewißheit, daß Wienke schwachsinnig ist, bedrückt Hauke. Lange zögert er ein Gespräch mit Elke darüber hinaus. Doch als die beiden sich endlich aussprechen, verbindet sie dieses gemeinsame Leid nur noch mehr, und sie umsorgen das arme Kind mit großer Liebe, Wärme und Geborgenheit. Vergebens sucht Hauke, eine Ursache für diesen Schicksalsschlag zu finden. Das Mädchen spielt versonnen und einsam mit dem geretteten Hündchen und mit einer Lachmöwe, manchmal sitzt es bei der alten Trin Jens, die Hauke zu sich genommen hat. Oft reitet der Vater mit dem Kind hinauf auf den Deich, doch das Mädchen hat Angst vor dem unheimlichen Meer.

Als Hauke, von einem schweren Fieber noch nicht völlig geheilt, eine von Mäusen unterwühlte Stelle im alten Deich findet, will er bei der Versammlung der Deichbevollmächtigten eine gründliche Reparatur durchsetzen, doch seine Gegner, voran Ole Peters, überhäufen ihn mit Vorwürfen, er belaste mit seiner übertriebenen Vorsicht die Finanzkraft der Gemeinde. Hauke wird nachdenklich und verzichtet entgegen seiner früheren energischen Art in diesem Falle darauf, die schadhafte Stelle gründlich zu flikken. Er ist bereit, die weniger sorgfältige Ausbesserung vorläufig hinzunehmen, doch wohl ist ihm bei diesem Zurückweichen nicht, und er quält sich mit ständigen Selbstvorwürfen. Im Herbst setzt unerwartet eine heftige Sturmflut ein. Hauke stürzt sich auf seinen Schimmel und kann im letzten Moment verhindern, daß ein Durchbruch durch den neuen Deich vorgenommen wird; das sollte auf Weisung Ole Peters geschehen, um den alten Deich zu entlasten. Doch da bricht der alte Deich genau an der Stelle, die nicht hinreichend ausgebessert worden ist. Hauke achtet nicht auf die Gefahren und versucht zu retten, was noch zu retten ist. Doch die tosenden Fluten ergießen sich in das Land hinter dem alten Deich. Da sieht er einen Wagen von seiner Warft kommen. Auf ihm sitzen Elke und Wienke; ahnungslos, in welche Gefahr sie sich begeben, ist Elke um das Schicksal ihres Mannes besorgt. Vergebens strengt Hauke seine Stimme an, die beiden zu warnen, doch der Wagen stürzt in die tosenden Fluten und beide werden ins Meer fortgerissen. Noch einmal schweift Haukes entsetzter Blick auf die erleuchteten Fenster seines nun verwaisten Hauses. Er drückt dem Schimmel die Sporen in die Weichen und verschwindet, seinen Lieben folgend, in der brodelnden Tiefe. Die toten Körper sind offenbar später ins Meer hinausgeschwemmt worden. Aber der Koog steht noch; der neue Deich hat gehalten und wird auch noch viele Jahre halten. Seit dieser Zeit erscheint der Schimmelreiter als Verkünder nahenden Unglücks und warnt die Bauern auf seinem gespenstigen Roß vor Deichbrüchen.

4. Sachliche und sprachliche Erläuterungen

Die Seitenangaben beziehen sich auf die Reclam-Ausgabe der Novelle „Der Schimmelreiter". Für die sachlichen und sprachlichen Erläuterungen wurde neben den Kommentaren der im Literaturverzeichnis aufgeführten Gesamtausgaben der Werke Storms der im Reclam Verlag von Hans Wegener herausgegebene Kommentar zu Storms Schimmelreiter (Erläuterungen und Dokumente, Stuttgart 1976) zu Rate gezogen.

Storm fügte der Buchausgabe auf Anraten von Erich Schmidt und Jacob Baechtold folgende Worterklärungen bei:

Für binnenländische Leser

Schlick, der graue Ton des Meerbodens, der bei der Ebbe bloßgelegt wird.
Marsch, dem Meere abgewonnenes Land, dessen Boden der festgewordene Schlick, der *Klei,* bildet.
Geest, das höhere Land im Gegensatz zur Marsch.
Haf, das Meer.
Fenne, ein durch Gräben eingehegtes Stück Marschland.
Springfluten, die ersten nach Voll- und Neumond eintretenden Fluten.
Werfte, zum Schutze gegen Wassergefahr aufgeworfener Erdhügel in der Marsch, worauf die Gebäude, auch wohl Dörfer liegen.

Hallig, kleine unbedeichte Insel.
Profil, das Bild des Deiches bei einem Quer- oder Längenschnitt.
Dossierung (oder Böschung), die Abfall-Linie des Deiches.
Interessenten, die wegen Landbesitz bei den Deichen interessiert sind.
Bestickung, Belegung und Besteckung mit Stroh bei frischen Deichstrekken.
Vorland, der Teil des Festlandes vor den Deichen.
Koog, ein durch Eindeichung dem Meere abgewonnener Landbezirk.
Priel, Wasserlauf in den Watten und Außendeichen.
Watten, von der Flut bespülte Schlick- und Sandstrecken an der Nordsee.
Demath, ein Landmaß in der Marsch.
Pesel, ein für außerordentliche Gelegenheiten bestimmtes Gemach, in den Marschen gewöhnlich neben der Wohnstube.
Lahnungen, Zäune von Buschwerk, die zur besseren Anschlickung vom Strande in die Watten hinausgesteckt werden.

Verzeichnis der Abkürzungen:

ahd.	althochdeutsch
dän.	dänisch
franz.	französisch
fries.	friesisch
mhd.	mittelhochdeutsch
mnd.	mittelniederdeutsch
ndd.	niederdeutsch
lat.	lateinisch

S. 3.: *Was ich zu berichten beabsichtige:* Die Novelle weist einen zwei fachen Rahmen auf; Storm als Autor berichtet im ersten Abschnitt von einer früher gelesenen Geschichte (es handelt sich um die unter den Quellen abgedruckte Erzählung „Ein Reiseabenteuer"), der Erzähler berichtet dann von der Begegnung mit dem einsamen Reiter, seinem Ritt und der Einkehr ins Gasthaus. Die eigentliche Novelle von Hauke Haien ist wiederum eingebettet in die Erlebnisse mit den Männern dort, erzählt vom Schulmeister. Dieser kommentiert die Erzählung zusätzlich bei den Unterbrechungen. Der erste Rahmen wird zum Schluß nicht wieder aufgegriffen.

Frau Senator Feddersen: Senator ist die Bezeichnung für den damaligen Stadtrat von Handels- und Küstenstädten, wie Husum; man nannte die Frauen nach dem Titel ihrer Gatten. Elsabe Feddersen (1741 bis 1829) war die Großmutter Storms mütterlicherseits.

Leipziger" oder von „Pappes Hamburger Lesefrüchten": Zwei Zeitschriften des 19. Jahrhunderts. Die erste erschien unter dem Titel „Leipziger Lesefrüchte, gesammelt in den besten literarischen Fruchtgärten des In- und Auslandes" in den Jahren 1832 bis 1846; die zweite bestand von 1811 bis 1842 und wurde in Hamburg von Johann Joseph Christian Pappe (1768 bis 1856) unter dem Titel „Lesefrüchte vom Felde der neuesten Literatur des In- und Auslandes" herausgegeben. Hier wurde die Erzählung „Der gespenstige Reiter" nach dem Erstdruck im „Danziger Dampfboot" (vergl. unter Quellen!) 1838 im 2. Band abgedruckt und von Storm gelesen.

linde: mdh: linde, nhd. lind: geschmeidig.

jene Zeit: die Jugendzeit Storms in Husum; vergl. die Skizze zu seiner Biographie. Die Sage vom Schimmelreiter spielt in der Mitte des 18. Jahrhunderts; Storm siedelt die Rahmenhandlung in die 30er Jahre des 19. Jahrhunderts an.

unseres Jahrhunderts: das 19. Jahrhundert.

Deich: hohe, künstlich aufgeschüttete Erdwälle an der schleswig-holsteinischen Nordseeküste, nach den Vorbildern der Holländer als Schutz vor den Sturmfluten geschaffen. Die Deiche werden von Deichverbänden unterhalten, an denen die Landbesitzer beteiligt waren. Die Verfassung der Deichverbände ist aus dem nordfriesischen Recht entstanden; das Amt des Deichgrafen wurde jedoch Anfang des 17. Jahrhunderts aus den Niederlanden importiert. Auch das neue, nach der Seeseite flach auslaufende Deichprofil geht auf niederländische Entwicklungen zurück.

Marsch: von fries. marste, engl. marsh; Sumpf; fruchtbares, tiefliegendes Land, „dem Meer abgewonnenes Land, dessen Boden der festgewordene Schlick, der Klei, bildet"(Storm).

Wattenmeer: von niederl. Wadden, wo man waten kann, „von der Flut bespülte Schlick- und Sandstrecken an der Nordsee" (Storm); nur durch kleine Fahrzeuge mit geringem Tiefgang befahrbar.

Halligen: „kleine unbedeichte Insel" (Storm); ein erhöhtes Stück Land, das bei Flut überschwemmt werden kann, auf dem aber auf Hügeln (Werften) Gehöfte liegen, die vom Hochwasser nicht erreicht werden.

S. 4.: *die Hufen:* Plural des bis in 19. Jh. gebräuchlichen fem. die Hufe neben der mask. Form der Huf.

Quartier: lat.-franz.; Unterkunft.

Harden: nach dem dän. herred, Bezirk; im Herzogtum Schleswig bezeichnete die Harde eine Verwaltungseinheit, die mehrere Kirchspiele umfaßte.

Perinette- und Grand-Richard-Äpfel: früher angebaute Äpfelsorten.

S. 5.: *Böen:* Pl. von Böe, heftiger Windstoß.

fiel mir bei: veraltet für fiel mir ein.

Binnenseite des Deiches: die dem Land zugewandte Seite.

im Kooge: der Koog ist „ein durch Eindeichung dem Meere abgewonnener Landbezirk" (Storm).

Wehle: fries. wial, Weel; mnd. wêl: ein bei einem Deichbruch hinter dem Deich ausgewühltes Loch, das mit Wasser gefüllt bleibt.

S. 6.: *unbewegt:* in der Reclam-Ausgabe ist angemerkt: „Außer in der benutzten Druckvorlage der *Sämtlichen Werke* und in der ersten Gesamtausgabe von Storms *Schriften* (Braunschweig 1889) steht auch in dem *Schimmelreiter-Manuskript* Storms, das in der Schleswig-Holsteinischen Landesbibliothek in Kiel aufbewahrt wird, an dieser Stelle ‚unbewegt', was mitunter als sinnwidrig aufgefaßt und in ‚bewegt' geändert wurde. Versteht man das vorangehende ‚trotz. . .' als ‚selbst wenn man noch den beschützenden Deich in Betracht zieht', so erscheint ‚unbewegt' korrekt. Bei dem herrschenden Wetter verdiente ‚bewegt' kaum die Beifügung ‚auffallend'."

Dieser Interpretation stimmen wir nicht zu, denn wenn man das folgende „der Reiter konnte es nicht getrübt haben" mitbetrachtet, so scheint ‚bewegt' sinnvoll zu sein.

Werften: Werfte, Werft, Warft; ndd. Warf: „Zum Schutze gegen Wassergefahr aufgeworfener Erdhügel in der Marsch, worauf die Gebäude, auch wohl Dörfer liegen" (Storm).

Binnendeiches: neben dem Außendeich, der direkt an der Angriffsfläche der Flut gebaut wird, schützen kleinere Binnendeiche auf der Landseite die niedriggelegenen Landstriche, falls der Hauptdeich einmal bricht, vor weiterer Überflutung. In Gegenden, in denen neue Kooge gebaut worden sind, kann der frühere Außendeich auch zum Binnendeich geworden sein.

„Ricks": Holzpfähle mit Querbalken vor den Häusern, woran an Ringen die Tiere festgebunden werden konnten.

„Is wull so wat": ndd., mag wohl sein.

auf Plattdeutsch: Mit den Begriffen Plattdeutsch oder Niederdeutsch werden alle die Mundarten zusammengefaßt, die von der 2. oder hochdeutschen Lautverschiebung nicht betroffen wurden. Bis ins 17. Jahrhundert war das Niederdeutsche auch Schriftsprache, wurde dann aber durch das Hochdeutsche verdrängt und lebt nur noch in den vielfältigen gesprochenen Dialekten weiter. Im vorigen Jahrhundert belebten Heimatschriftsteller wie der Freund Storms, Klaus Groth (1819 bis 1899), die heimatliche Dialektsprache als Schriftsprache durch ihre Dichtungen in Mundart.

S. 7:*dem Friesischen:* Das Friesische ist ein Zweig der westgermanischen Sprachen und mit dem Englischen verwandt; es wurde schon früh durch das Niederdeutsche verdrängt und lebt nur noch in Lehnwörtern und Flurbezeichnungen etc. weiter.

„Diekgraf und Gevollmächtigten un wecke von de annern Interessenten! Dat is um't hoge Water!": ndd.; Der Deichgraf und die Gevollmächtigten und einige andere Interessenten. Das ist wegen des Hochwassers.

Diekgraf: ndd. für Deichgraf, leitender Beamter des Deichwesens. Die Gevollmächtigten sind angesehene gewichtige oder begüterte Besitzer, als Vertreter der bäuerlichen Selbstverwaltung von den Deichinteressenten gewählt, die auch als Helfer und Berater des Deichgrafen wirkten.

Interessenten sind „die wegen Landbesitz bei den Deichen interessiert sind" (Storm).

Punschbowle: heißes Getränk, ähnlich wie Grog aus Rum zubereitetes Getränk, das vor allem in einer größeren Runde in einer großen Glaskugel bereitet wird.

umgelegt: verändert, angepaßt.

S. 8: *Anno 17:* Sturmflut im Jahre 1717, die größte des Jahrhunderts, und darum im Volke noch lange nachwirkend.

Schulmeister: der einzige Lehrer des Dorfes.

verfehlte Brautschaft: ein zerbrochenes Verlöbnis.

behangen geblieben: ndd. he is behungn blewen; den eigenen Absichten entgegen an einem Ort bleiben.

S. 9: *In der Mitte des vorigen Jahrhunderts:* um 1750.

Sielsachen: Siele sind Schleusen im Deich zum Ablaufenlassen des Wassers ins Meer; Sielsachen meint Baufragen in Abwässerangelegenheiten.

ausgesonnen: ausgedacht.

Hans Mommsen von Fahretoft: 1735 bis 1811, lebte in Fahretoft, rund 30 Kilometer nordwestlich von Husum, war Sohn eines Landmessers. Auch von ihm wird die Geschichte vom holländischen Euklid und von holländischen Hilfsbüchern erzählt, von Selbststudien und schließlicher Meisterschaft, von Spannungen mit dem Vater, Verbannung unter die Deicharbeiter und Fortbildung während der kargen Ruhepausen. Dann freilich schlägt er einen anderen Weg ein; im Sommer Landvermesser, gehört er im Winter ausschließlich seinen Liebhabereien. Er bildete sich zu einem vielfältig informierten Privatgelehrten und kann als ein Vorbild für die Gestalt des Hauke Haien gelten.

Bussolen: eine Kapsel mit einem Glasdeckel, worin über einer Gradeinteilung eine Magnetnadel schwingt; Instrument für die Landvermessung.

Seeuhren: speziell konstruierte Uhr für die Schiffe, die trotz der Schwankungen stets die richtige Zeit anzeigt.

Teleskopen: Fernrohre.

Orgeln: gemeint ist das Musikinstrument, das der Feinmechaniker wohl auch herzustellen verstand.

Fennen: „ein durch Gräben eingehegtes Stück Marschland" (Storm), vom mhd. venne, Sumpf- oder Schlammland.

aufs Landmessen: Bei der Landverteilung des Marschlandes kam der Vermessung große Bedeutung zu.

Nordwest: Sturm aus dieser Richtung ist besonders gefährlich, weil sich dann in der Deutschen Bucht das Wasser aufstaut.

zu ritzen und zu prickeln: Karten „reißen" heißt zeichnen.

Fibel oder Bibel: Die Fibel war das Buch, mit dessen Hilfe die Kinder früher das Alphabet lernten; die Bibel war daneben meist das einzige Buch im Hause und wurde deshalb wie ein Lesebuch benutzt.

frug: veraltet für fragte.

S. 10: *Euklid:* um 300 v. Chr., Vater der Geometrie, sammelte und begründete das gesamte damalige mathematische Wissen; ein Werk „Stoicheia" galt lange Zeit als Muster eines mathematischen Lehrbuchs und wurde bis ins 19. Jahrhundert dem Schulunterricht zugrunde gelegt.

holländischer Euklid: in holländischer Sprache.

S. 11: *in Ernst oder Schimpf:* Schimpf hat hier die Bedeutung von Scherz.

Marschmann: Marschenbauer.

ingleichen: auf gleicher Weise.

Ostern bis Martini: Martini, 11. November, Tag nach dem Heiligen der katholischen Kirche. Zwischen diesen beiden Kirchenfesten wurde der Hauptteil der landwirtschaftlichen Arbeit erledigt. Danach wurde gefeiert, vergl. Martinsgans.

kurieren: von lat. curare, heilen.

S. 12: *das Wunderkind aus Lübeck:* Christian Heinrich (Henrik) Heineken (Heiniken) (1721 bis 1725) sprach mit vier Jahren fließend Deutsch, Französisch und Latein und soll erstaunliche Kenntnisse in allen Wissensbereichen seiner Zeit gehabt haben. Das schwächliche Kind ist früh verstorben.

S. 13: *Haf:* „das Meer" (Storm), das Meer überm Watt.

Allerheiligentag: 1. November, Feiertag. Ehrentag für alle Heiligen und Märtyrer der katholischen Kirche.

Äquinoktialstürme: Äquinoktium (lat.) bezeichnet die Tag- und Nachtgleiche, die zweimal im Jahr, zu Beginn des Frühlings und des Herbstes, auftritt, wenn die Sonne genau zwölf Stunden über und zwölf Stunden unter dem Äquator steht. Da in diesen Jahreszeiten häufig starke Stürme auftreten, werden sie nach dem astronomischen Phänomen benannt.

Springflut: „die ersten nach Voll- und Neumond eintretenden Fluten mit besonders hohem Wasserstand" (Storm).

S. 14: *Rohrdach:* das mit Schilfrohr gedeckte Dach, wie es heute noch in Schleswig-Holstein häufig zu finden ist.

Kleierde: fette, graue, tonige Erde der Marsch.

Unschlittkerze: ahd. ungislahti, das zum Essen nicht zu verwendende Geschlachtete; nach dem Schlachten werden aus dem Talg Kerzen gegossen.

Seeteufel: ein großköpfiger Fisch.

gnidderschwarz: glänzend schwarz.

S. 16: *einen stumpfen Pull von Seegras:* ein rundes Knäuel aus Seegras.

blödes Mädchen: geistig behindertes Kind.

S. 17: *eingesegnet:* konfirmiert worden.

Angorakater: eine besondere Katzenrasse mit langen Haaren, die in der Nähe der kleinasiatischen Stadt Angora gezüchtet wurde.

Kate: Bauernhaus des kleinen Bauernknechts oder Tagelöhners.

S. 18: *Geest:* vom fries. güst, fruchtbar, brach; „das höhere Land im Gegensatz zur Marsch" (Storm).

Eisvogel: Wasserspecht oder Martinsvogel, aus der Gattung der Klettervögel.

S. 19: *fürbaß:* rüstig weiter vorwärts schreiten.

Porrenfangen: Krabbenfang.

S. 20: *Inmittelst:* inzwischen.

S. 22: *Krontaler von Christian dem Vierten:* Der Krontaler ist eine Silbermünze. Christian der Vierte, dänischer König (1588 bis 1648). Seit dem Vertrag von Rippen 1460 standen die Herzogtümer Schleswig und Holstein mit Dänemark in Personalunion.

Racker: Abdecker, der die Tierkadaver beseitigt und verwertet.

Bettgebühr: Bettbezug.

S. 23: *einen Dienst besorgen:* In Dienst gehen.

Kleinknecht: der dem Großknecht unterstellte Knecht.

Saatgans: dumm wie eine gemästete und darum schwerfällige Gans.

Deich- und Sielrechnungen: die Kostenabrechnung am Ende des Jahres (des Sommers) für Instandhaltung der Anlagen.

abgetan: erledigt.

Met: ahd. metu, Honigwein.

Weizenkringeln: aus hellem Mehl gebackenes Gebäck.

S. 24: *Tabaksknoten:* Stück Kautabak.

S. 25: *osten der Haustür:* östlich der Haustür.

Dirne: ndd. Deern, Mädchen; im Hochd. hat sich die Bedeutung zu Dirne, Freudenmädchen gewandelt.

Jungfer Elke: damals übliche Anrede für junge Mädchen; „Jungfer" galt als Standesbezeichnung.

just: eben, gerade; recht.

S. 26: *schlanterig:* schlotterig, kraftlos.

glasurten Kacheln: glasierte Kacheln, die aus Holland kamen und mit denen in reichen friesischen Bauernhäusern die Wände verkleidet wurden.

Wandbett: eingebaute Betten, die mit Türen verschlossen werden konnten.

Pesel: mhd. phisel; „ein für außerordentliche Gelegenheiten bestimmtes Gemach, in den Marschen gewöhnlich neben der Wohnstube (Storm); steinerne, mit weißem Sand bestreute Diele, ohne Ofen, im Sommer für besondere Anlässe wie, Familienfeiern, benutzt.

holländische Schlaguhr: eine Uhr, die die Zeit mittels einer Glocke anzeigt.

schlagflüssige: mit „Schlagfluß" wurden Krankheiten bezeichnet, bei denen Lähmungen eintreten.

Wollenpolster: Kissen mit einer Wollfüllung.

S. 27: *Der dicke Mopsbraten hatte die Kälber nicht gebörnt:* Der einfältige Mensch hatte die Kälber nicht getränkt.

S. 28: *dösig:* ndd.; schläfrig, stumpfsinnig.

profitieren: lat.; Gewinn daraus ziehen.

S. 29: *Mietkontrakt:* Arbeitsvertrag.

auszubedingen: ausbedingen: vereinbaren.

Großknecht: Oberster in der Hierarchie der Knechte; vrgl. Kleinknecht, S. 23.

maulfertiger: redegewandter.

noch nicht gefesteten: noch nicht gefestigt, ausgewachsen.

S. 30: *Revision:* lat.; Überprüfung, Änderung.

weisen: zeigen.

Trense: Zaumzeug des Pferdes, Gebißstück aus Metall und die daran befestigten Zügel.

Ständer: Eichenbalken im Fachwerkhaus.

S.31: *Feder:* Man schrieb zur damaligen Zeit mit Gänsefedern, deren Kiele in heißem Sand gehärtet wurden.

in Blei gefaßten Fenstern: früher wurden runde Glasplätten mit Bleistreifen zur Fensterverglasung zusamengefügt.

S. 32: *kleiner Zwicker:* kleine Ermahnung.

Deichordnung: Verfassung zur Pflege und zum Neubau der Deichanlagen.

S. 33: *Frühjahrsschau:* Im Frühjahr wurden die Deichanlagen kontrolliert, ob irgendwelche Schäden aufgetreten waren.

gebuscht: Unkraut abgemäht.

Stieglitzer: Plural von Stieglitz, Distelfink.

Wiege: Kuhle, Grube.

Dossierung: „(oder Böschung), die Abfallinie des Deiches" (Storm).

Brüche: Geldstrafe.

das dicke Mensch: abwertendes Schimpfwort.

S. 34: *Bestickungsarbeiten:* „Belegung und Besteckung mit Stroh bei frischen Deichstrecken" (Storm).

Schlendrian: nachlässige Arbeit.

S. 35: *nicht den gehörigen Klei unter den Füßen:* nicht genügend Landbesitz.

Demat: „ein Landmaß in der Marsch" (Storm); ein Demat beträgt rund ½ Hektar = 5000 m^2.

Amtmann: Der Oberdeichgraf war zugleich Verwaltungsbeamter und als Vertreter der Landesverwaltung studierter Jurist.

Halbstieg: ein Stieg bedeutet 20 Stück; also sind zehn Jahre gemeint.

um die Wege: in der Nähe.

S. 36: *Furke:* Heugabel.

Raufen: Futtergestell in Pferde- und Kuhställen.

S. 37: *Eisboseln:* heute Eisboßeln; in allen Marschen auch heute noch beliebtes Wurfspiel mit bleibeschwerten Holzkugeln, das in Mannschaften gegeneinander ausgetragen wird. Das Spiel kam in der Mitte des 18. Jahrhunderts über die Niederlande nach Friesland.

Obmann: Schiedsrichter.

Kretler: Sprecher der Mannschaften.

Kirchspielkruges: Der Krug ist das Gasthaus; Kirchspiel ist der Bereich einer Pfarre; im Gasthaus des Dorfes, in dem die Kirche stand, versammelte man sich.

S. 38: *Tageslöhnersohn:* Sohn eines Arbeiters, der keinen eigenen Landbesitz hat und deshalb gegen Lohn sich tageweise verdingen muß.

soll er sich den Mund wischen: dann wird er einen Korb bekommen.

Scheuern: Scheunen.

Schindeln: Dachziegel

S. 39: *taxieren:* lat., bewerten, einschätzen.

herauskreteln: herausreden.

S. 40: *Heck der Auffahrt:* hohes festes Eichentor als Zugang zu den Fennen.

S. 41: *in langen Röcken:* mit langen Jacken.

Kapitalwurf: Meisterwurf.

S. 42: *Bummeis:* dünnes helles Eis mit Luftblasen.

wo geflickt werden: am Zeuge flicken, in Schwierigkeiten bringen.

Gallimathias: aus dem franz.; verworrenes Geschwätz.

Bescheid: Entscheidung.

Nummerruf: Aufruf der numerierten Spieler einer Mannschaft.

S. 43: *Erzengel Michael: einer der Erzengel; der Sage nach Sieger über Drachen und Satan.*

S. 44: ein halb Stieg Fuß: ungefähr drei Meter.

S. 46: *Pfeifen der Klarinetten:* Die Musik spielte schon zum Tanz auf.

Gildesaal: Versammlungssaal im Dorfgasthaus.

S. 47: *schnappten . . . ab: brachen ab.*

Zweitritt: alter Tanz.

Altenteil: Wohnung und Versorgung der alten Bauern nach Übergabe an den Nachfolger.

S. 49: *mit blanken Silber:* mit Silbermünzen.

S. 50: *rückwärts:* auf dem Rückweg.

S. 51: *Reißfeder:* Zeichenfeder aus Metall.

Reißbrett: Zeichenbrett.

Totenkammer: Grab oder auch Raum, in dem die Leiche aufgebahrt wird.

rüste: herrichte.

S. 52: *der dunkle Engel des Herrn:* der Engel des Todes.

Schatulle: Kasten mit Klappdeckel zum Aufbewahren von Geld oder Schmuck.

Krankheit der Marschen: auch Storm ist an Krebs gestorben.

S. 54: *Herbstschau:* Im Herbst wurden der Deich und die anderen Anlagen ein zweites Mal kontrolliert.

Westerkoog: Koog im Westen.

verspillen: verschwenden.

S. 55: *Bruch:* Gebüsch am Rand einer Wehle.

S. 56: *einige Torf:* Mit getrockneten Torfsoden wurde geheizt.

S. 58: *Absehen:* in absehbarer Zeit geschieht.

S. 59: *Traupfennigs:* die für den Pfarrer bestimmte Gebühr, wenn er eine Trauung vollzieht.

Ofenbraten: ein großes Stück Fleisch, das als Ganzes im Bräter geschmort wird.

große Leiche: großes Begräbnis.

Dat is de Dod . . .: ndd.; Dies ist der Tod, der alles frißt / nimmt Kunst und Wissenschaft dir mit; / der kluge Mann ist nun dahin, / Gott schenke ihm ein seliges Auferstehen.

S. 60: Anberg: Anhöhe, Auffahrt.

huckten: hockten.

das Begraben: das Begräbnis und die Feierlichkeiten.

Langkork: eine Flasche Wein mit langem Korken, also von besserer Sorte.

S. 61: *der Spiegel:* nach einem weitverbreiteten Aberglauben wurde nach dem Tode eines Menschen jeder Spiegel im Haus abgedeckt.

Beilegerofen: fries. Bilegger, ein Kasten, dessen gußeiserne Platten meistens Reliefs aus der Biblischen Geschichte trugen; er hatte keinerlei Öffnung in der Stube, sondern durch die Wand in der Küche, von woraus er beheizt wurde (von wo „beigelegt" wurde).

Als Schmuck trug er an den oberen Vorderkanten vier bis sechs abschraubbare Messingknöpfe.

Hest du . . .: ndd.; Hast du dein Tagewerk recht getan, so naht der Schlaf von selbst heran.

Ringreiten: Ein heute noch vereinzelt um Pfingsten stattfindendes Volksfest, bei dem die männliche Jugend ihre Geschicklichkeit beweisen muß, indem von einem Pferd aus im Galopp unter einem Holzbalken durchgeritten wird und dabei mit einem Speer durch einen herabhängenden Ring gestochen werden muß.

S. 62: *die weißen Tonpfeifen:* lange Tonpfeifen nach holländischer Art.

S. 65: *Trauerjahr:* Man trauerte ein Jahr lang, in welchem eine dunkle Trauertracht getragen wurde. Auch galt es als selbstverständlich, in diesem Jahr nicht zu heiraten.

ehelichen Güterrechten: die Rechtsverhältnisse einer Ehe waren in den deutschen Ländern sehr unterschiedlich geregelt.

kapitelfest: Kenntnis der einschlägigen Bestimmungen.

Wirrsal: Durcheinander.

S. 67: *hinterspinnig:* hinterlistig.

aufhucken lassen: aufdrängen lassen.

S. 68: *eingefreit:* sich in einen Besitz durch Einheirat bringen.

Hafdeich: Hauptdeich zur Seeseite.

S. 69: *Priel:* „Wasserlauf in den Watten und Außendeichen" (Storm); in ihnen rinnt das Wasser bei Ebbe ab und steigt bei Flut wieder.

S. 72: *Spülung:* der Strom des Wassers.

was Lebigs: etwas Lebendiges.

Gespanne: Fuhrwerke mit Zugtieren.

S. 73: *Hahnenkraht:* Hahnenschrei.

zu Willen war: sich einstellte.

Lot und Stange: Geräte zum Messen der Wassertiefe.

S. 75: *Jeversand:* eine untergehende Hallig, die nicht mehr bewirtschaftet wird.

S. 76: *Mondduft:* Mondlicht.

Dienstjunge: Laufbursche.

S. 77: *Böte:* veralteter Plural von Boot.

Torfringeln: zum Trocknen aufgeschichteter Torf.

S. 80: *Kiewiet:* Kiebitz.

S. 81: *verreden:* viel darüber reden.

Wallach: kastrierter Hengst.

S. 82: *Warmbier:* Biersuppe.

S. 84: *Kracke:* ndd.; elendes Pferd.

Slowaken: Bezeichnung für Zigeuner.

S. 85: *Priesterhandel:* billiges Geschäft.

sollte nichts versehen werden: sollte nichts versäumt werden.

S. 86: *Geschirrkammer:* Raum zum Aufbewahren der Geschirre, mit denen die Pferde zum Reiten oder zu Zugdiensten vorbereitet werden.

S. 88/89: *Wie Lawrenz sein Kind nicht lang war:* Redensart, nach einem in Hamburg um 1600 lebenden Bürger namens Laurentius Damm, dessen Sohn bei der Konfirmation angeblich schon 2,80 m gemessen haben soll.

S. 90: *ist es wohl die elfte Stunde:* es ist höchste Zeit.

Ehrenkranz: Auszeichnung für verdienstvolle Männer.

S. 91: *einspänniger Sturzkarren:* Der Stell- oder Rademacher verfertigte kleine, einspännige Gefährte mit Gabeldeichsel (im Unterschied zur Stangendeichsel bei größeren Fuhrwerken mit zwei Pferden); am Ziel angekommen, wurde das Pferd aus dem mit Klei beladenen Wagen ausgespannt und dieser durch Umstürzen entleert.

Fuder: ahd. fuodar, Wagenlast; eine Wagenladung.

Geschworene: die Deichgevollmächtigten wurden vereidigt.

S. 92: *ingleichen:* desgleichen, ebenso.

S. 93: *billigen:* kostengerecht.

entbürdet: entlastet.

um ein Geringes feil sein: für wenig Geld zum Verkauf stehen.

S. 95: *Bestellte Aufseher:* mit einem Auftrag versehene Aufseher.

S. 98: *Wehmutter:* Hebamme.

Kindbettfieber: Infektionskrankheit nach der Niederkunft, früher häufig durch mangelnde Hygiene hervorgerufen.

S. 99: *Warmkorb:* eine Art Wärmflasche, der mit heißen Steinen gefüllt wurde.

seperatistische Konventikelwesen: sich absondernde Gruppe religiöser Eiferer, die heimlich zusammenkommt. Eine aus Holland nach Friesland gelangte religiöse Bewegung.

S. 102: *Kajedeich:* ein vorläufiger Deich, der die Arbeitsstelle bei Flut schützt.

Widerhalten: widerstehen.

S. 103: *Interimsdeich:* (interim, lat.; inzwischen); gleichbedeutend wie Kajedeich.

S. 104: *ordinäre:* von lat. ordinarius, ordentlich; hier normale Flut.

Schlucht: letztes offenes Stück im Deich.

S. 107: *Katechismus:* Lehrbuch für den Religionsunterricht, von Luther eingeführt und in protestantischen Kirchen verbreitet.

S. 108/109: *Avosetten:* Sumpfvogel aus der Familie der Regenpfeifer.

Gekorr: lautmalerische Bezeichnung der Vogelrufe.

Rottgänse: Ringelgänse.

Kommissäre: lat.-franz.; mit speziellen Vollmachten versehene Regierungsbeamte.

Interessenten: Anteilhaber.

Karriole: franz.; leichter Wagen.

Karolinenkoog: einen solchen Koog gibt es nicht, doch verfährt Storm hier analog zu der Praxis, Kooge nach Prinzessinnen der regierenden Häuser zu benennen.

Frakturschrift: gotische oder deutsche Schrift.

achten Weltwunder: Anspielung auf die sieben Weltwunder der Antike (Pyramiden, Gärten der Semiramis, Artemistempel, Zeus des Phidias, Mausoleum, Koloß von Rhodos und Leuchtturm von Pharos).

S. 111: *idealen Anteil:* noch nicht in Wirklichkeit bestehender Anteil.

eigentümlich: als Eigentum.

Zeitlichkeit: sie lebten nicht mehr, waren verstorben (vrgl. ,,das Zeitliche segnen").

Lachmöwe: weit verbreitete kleine Möwenart.

S. 112: *installiert:* lat.; einrichten, unterbringen.

Sterbekammer: die Menschen starben früher in ihrer gewohnten Umgebung und wurden von den Angehörigen oder wie hier von der Familie, bei denen die Magd gedient hatte, gepflegt.

Scheuer: Scheune.

Zuckerkistenholz: Zuckerkisten waren aus tropischen Edelhölzern gefertigt und dienten in Europa zur Herstellung von Kästen und Kleinmöbeln.

Gardinenbett: ein durch einen Vorhang vom Raum abgetrenntes Bett.

Wermut: Bitterstoffe enthaltender, gelbblühender Korbblütler.

S. 116: *Hochflut:* höchster Stand der Flut bei normalem Wechsel der Gezeiten.

Ihre Augen gingen wider ihn: sie sah ihn an.

S. 120: *Wasserweib:* in der Sage ein Mischwesen aus Mensch und Fisch.

Demanten: Diamanten.

Undinger: böse, unheilbringende Personen, die zwischen Leben und Tod wandeln.

Mären: Geschichten, Sagen, Märchen.

Großohm: Großonkel.

Feuerlochs: Ringförmige Herdabdeckung, die geöffnet werden kann.

S. 122: *Marschfieber:* Infektionskrankheit.

S. 124: *Lahnungen:* „Zäune von Buschwerk, die zur besseren Anschlikkung vom Strande in die Watten hinausgesteckt werden" (Storm), schnurgerade und zweigartig werden lange Tannenpfahlreihen weit in die Watten hinaus vorgetrieben, die beiden Pfahlreihen und einzelnen Pfähle (auf Lücke) im Abstand von 25 bis 30 cm, die Zwischenräume der beiden Reihen fest mit Tannenzweigen ausgefüllt, das Ganze durch Draht verankert.

Sporenstich: der Reiter gibt dem Pferd die Sporen, um es zum Galopp anzutreiben.

S. 126: *laboriert:* lat.; arbeitet.

verneuen: erneuern.

S. 127: *hohl Ebbe:* der niedrigste Wasserstand bei Ebbe, wenn der Wind aus Nordost bläst.

azurblauen: franz.; himmelblauen.

Zenit: höchster Punkt des Himmelsgewölbes.

Soden: mit dem Spaten abgestochenes Rasenstück.

S. 129: *das Jahr 1756: ein Jahr, in dem eine große Sturmflut stattgefunden hat.*

Kimmung: eine bei starker Erwärmung der unteren ruhenden Luftschichten entstehende optische Erscheinung oder Luftspiegelung, durch die unter dem Horizont liegende Landschaftsbilder im Sommer scharf und anscheinend greifbar auftauchen.

das hippokratische Gesicht: verfallende Züge eines Sterbenden, so benannt nach dem berühmten Arzt des Altertums Hippokrates (460 bis 377 v. Chr.), der dieses Phänomen beschrieben hat.

S. 130: *Hölp mi . . .: ndd.; Hilfe, Hilfe! Du treibst ja auf dem Wasser . . . Gott sei den anderen gnädig!*

Sie hat es vollbracht!: Ausspruch in Anspielung an das Sterben Jesu im Neuen Testament.

Sonntag Lätare: 3. Sonntag vor Ostern.

S. 131: *Mariken:* ndd. für Mariechen.

Apothekerecke: sie hatten den festen Standplatz auf dem Markt (in Husum) an der Ecke der Apotheke und verkauften dort Butter.

Blut ist wie Regen vom Himmel gefallen: eine Erscheinung, die als Botschaft eines künftigen Unheils gedeutet wurde.

Augusti: Genitivform des Monatsnamen August, von lat. Augustus.

S. 133: *Luken:* Fensterläden.

S. 134: *auf halber Springflut:* die halbe Wasserhöhe der Springflut; vergl. Anm. zu S. 13.

S. 139: *ordinieren:* lat.; befehlen, anordnen.

S. 141: *ich habe meines Amtes . . .:* ich habe mein Amt schlecht versehen.

S. 144: *seit lange:* veraltete Form des nicht deklinierten Adverbs lange.

Sokrates: griechischer Philosoph (470 bis 399), der zu Unrecht zum Tode verurteilt und durch einen Giftbecher hingerichtet wurde.

S. 145: *überwachsen:* übertreffen.

Aufklären: die „Aufklärer" waren Philosophen und Theoretiker, die den in Aberglaube und Dummheit gefangenen Menschen auf die Möglichkeiten seines Vernunftgebrauchs verwiesen haben.

beschlafen: darüber schlafen, dann erst urteilen oder entscheiden.

5. Charakterisierung der Hauptpersonen

Hauke Haien

Die Gestalt Haukes hebt sich deutlich von den anderen ab: „die lange Friesengestalt mit den klugen grauen Augen neben der hageren Nase und den zwei Schädelwölbungen darüber". Schon früh hält er sich tagelang bei den Deichen auf, blickt stundenlang über die Wasserwüste und zeichnet mit den Händen eine weiche Linie in die Luft. Er wächst ganz allein auf, nur in Gesellschaft mit dem Vater. Er zeichnet sich durch einen klaren Verstand und einen kräftigen Körper aus. Vor dem Spuk, den seine Umgebung gruseln macht, fürchtet er sich schon als Knabe nicht. Die Nebelgebilde vorm Deich erschrecken ihn nicht; er bohrt trotzig die Hacken seiner Stiefel fester in den Klei des Deiches. Vorübergehend besteht die Gefahr, daß Hauke ein roher, unbeherrschter Sonderling wird, als er das Erlebnis mit dem Angorakater hat; doch der Vater sieht die Gefahr und steckt den Sohn zur Zügelung unter die Deicharbeiter und verdingt ihn schließlich beim Deichgrafen. Dort findet er einen Boden vor, der seine Kräfte herausfordert, auf dem er seine Fähigkeiten beweisen kann. In zähem Fleiß setzt er seinen Weg fort und erledigt die ihm übertragenen Arbeiten gut und entschlossen, dabei klug vorausdenkend und treu ergeben. Er ist kein Streber, sondern erfüllt vom Willen nach Erkenntnis und Fortschritt, später vom Sendungsbewußtsein für das Gemeinwohl.

Von Kindheit an liebt er das Meer, belauscht seine Launen und Tücken, beobachtet die Natur und sucht ihre Gesetzmäßigkeiten zu durchdringen. Stark ausgeprägt ist in ihm das Gefühl für Recht und Gerechtigkeit. Daher sind ihm Schlamperei, Schlendrian und Halbheit auch zuwider. Kaum der Jugend entwachsen, zeigt sich ein gefestigter Charakter, der gewissenhaft, zuverlässig und weitsichtig schwerste Probleme meistert.

Alles ist aufs sorgfältigste erwogen, kein Schritt überhastet; seine Person ist durch planvolle Sicherheit gekennzeichnet. Sein klarer Charakter kennt nur Offenheit, Lauterkeit und Wahrheitsliebe. Er ist ein treuer Gatte und ein liebevoller Vater; er unterdrückt nicht allein den Schmerz über die Behinderung der Tochter, sondern tröstet sich und Elke und gewinnt das Kind nur noch um so lieber. Allerdings bleiben Elke und Wienke auch die einzigen Menschen, denen gegenüber sich sein Wesen entfaltet. Schwer lastet die Kurzsichtigkeit und Starrköpfigkeit der Gevollmächtigten auf ihm, die ihm Leben und Arbeiten erschweren, hemmen und vergällen. Hauke hat ihnen immer widerstanden und seine Vorhaben zum Besten aller durchgesetzt. Da sie ihn nicht verstehen, lehnen sie ihn ab, wird er gehaßt, verzerrt man seine unverstandenen Möglichkeiten zu Spuk- und Teufelspaktverdächtigungen. Das bleibt nicht ohne Einfluß auf seinen Charakter; in kühler Verachtung wird er hart, kurz angebunden und später unnahbar. Gerade diese Widerstände aber treiben ihn auch an; sie sind es, die ihn zu seinen Taten beflügeln, die immer neue Leistungen herausfordern, die ihn nicht zum Rasten kommen lassen.

In den Auseinandersetzungen mit seinem Widersacher Ole Peters zeigt Hauke Geduld; es gelingt ihm immer, die Angriffe des anderen durch seinen überragenden Verstand abzuwehren. Nur einmal, von der gerade überstandenen Krankheit noch schwach, kämpft er nicht weiter, resigniert er, gibt er nach, wider besseres Wissen: als der Deich repariert werden muß, die anderen aber das für unnötig halten und sich mit Ausbesserungsarbeiten oberflächlicher Art zufriedengeben.

Hier wird er schuldig, weil dieses Versäumnis die Gemeinschaft in Gefahr bringt.

Elke Volkerts

Auch von dieser Frau geht ein Strom von tatkräftigem Willen aus, auch sie überläßt nichts wartend dem Zufall, sondern greift tüchtig zu und gestaltet ihre Zukunft energisch nach ihren Vorstellungen. Als beim Begräbnis ihres Vaters die Frage aufgeworfen wird, wer Nachfolger des Deichgrafen werden soll, packt sie entschlossen zu und sichert ihrem Verlobten das Amt, weil sie längst gespürt hat, daß dieser ein Anrecht darauf besitzt, das in seinem überragenden Vermögen gründet. Sie ist in manchem Hauke ebenbürtig; eine schlanke Gestalt, gescheit, umsichtig, energisch, fleißig, wirtschaftlich und häuslich, wohl auch neckisch und im Grunde ihres Wesens ernst und Tochter und Mann gegenüber treu.

Sie kennt genau die Grenzen ihres Vaters, doch läßt sie es an Ehrfurcht ihm gegenüber nicht mangeln. Die Liebe zu Hauke entwickelt sich zu einer echten Lebensgemeinschaft, in der sich zwei ausgereifte Persönlichkeiten wortlos verstehen und aufeinander vertrauen.

Meisterhaft versteht sie es, ausgleichend zu wirken; und wenn Hauke mit seinem Trotz und der Strenge einmal über das Ziel hinausgeschossen war, dann heißt es von ihr, sie ging „mitunter leise bessern". Eingeführt wird sie in dem großen Rahmen, der ihrem Wesen entspricht: auf der Höhe der väterlichen Werfte, die Augen in die Ferne und auf die untergehende Sonne gerichtet, die „das bräunliche Mädchen mit ihrem letzten Scheine vergoldete"; der Ausklang ihres Lebens ist ein Opfergang: von Unruhe getrieben eilt sie ihrem Manne nach und geht mit der Tochter in den Tod.

Auch die Nebenpersonen sind vom Autor in die Landschaft dieser Novelle hineingestellt: der massige und etwas schlagflüssige Deichgraf *Tede Volkerts* verkörpert den Abstieg seines Geschlechts und wurde nur Deichgraf seines Vaters wegen. Sein Großvater war noch einer, „der das Land geschützt hat" und „klüger als sie alle". Der Enkel dagegen ist geistig schwerfällig, bequem und lässig, ein Freund des behaglich-geruhsamen Lebens und ein lebensfroher Genießer, dem die Magenfrage zum Hauptpunkt seines Daseins geworden ist. Vom Charakter her ist er gutmütig, es fehlt ihm aber an Einsicht und Willenskraft, und so konnte ein Schlendrian einreißen, der ihm gewiß zum Verhängnis geworden wäre, hätte nicht Hauke durch Tat und Willenskraft seine Aufgaben gemeistert.

Ole Peters, Haukes Widersacher, erweist sich in den ausgetretenen Pfaden des bäuerlichen Lebens als tüchtig und arbeitsam. Er hat einen beschränkten Geist und erschöpft sich in übersteigertem Wertgefühl und verkrampftem Ichbewußtsein in niederen Angriffen. Dabei blickt er nicht nach rechts oder links und hat kein Gespür für die Interessen der Gemeinschaft. Ehrgeiz und Eifersucht trüben seine guten Anlagen; sein Haß richtet sich auf Haukes Werk, das er am liebsten vernichten will. Schließlich ist er es, der die eigentliche Ursache für Haukes Untergang darstellt, denn jener scheitert auch an der Engstirnigkeit seiner Mitmenschen, unter denen Ole sich besonders unrühmlich emporhebt. Sein Weib, die ungezügelte *Vollina Harders,* ist nicht in der Lage, einen positiven Einfluß auf ihn auszuüben, sie teilt seine Lebensweise.

Positiv hingegen sind der gemessene und leutselige *Oberdeichgraf,* der wackere und allerzeit besonnene und treue *Jewe Manners,* Elkes Pate, sowie die alte *Trin Jens* gezeichnet, die nach dem Verlust von Mann und Sohn etwas schrullig geworden, von Hauke ein Altenteil auf dem Hof des Deichgrafen eingeräumt, zum Schluß sich dem Mädchen als Wärterin und Freundin widmet. Ebenfalls positiv erscheint uns Tede Haien, Haukes Vater, eine gerade, nüchterne und offene Person, strebsam und nachdenklich; er lebt sehr zurückgezogen, da seine Frau früh gestorben ist, und scheint als Erzieher Haukes zu versagen, bis er dann energisch den Jungen in Verhältnisse bringt, die dessen Lebensweg positiv beeinflussen. In rührender Vaterliebe sorgt er durch große Sparsamkeit dafür, daß sein Sohn ein größeres Erbe in die Ehe einbringen kann.

Da ist zuletzt noch die Gruppe der Abergläubischen, der Kleinknecht *Carsten,* der *Iven Johns* und die Sektiererin *Ann Grete,* Typen, die jene Mehrheit repräsentieren, die in ihrer Engstirnigkeit, Dummheit und Unvernunft das große Werk Haukes in Mißkredit bringen und so dazu beitragen, daß Hauke in dieser Umgebung scheitert. Was sie allerdings nicht verhindern können, ist, daß sein Werk auch über seinen Tod hinaus Bestand hat. So bremsen sie zwar den Fortschritt, verhindern aber können sie ihn nicht.

6. Dokumente zur Interpretation

Die folgenden Auszüge aus der Literatur über Theodor Storm sollen beispielhaft zeigen, wie man die Novelle des Dichters unterschiedlich deuten kann. Die Interpretation ist das Ergebnis einer Auseinandersetzung mit einem Text, sie ist aber nicht eindeutig und zwingend, das heißt, verschiedene Interpreten können ganz verschiedene Deutung ein und desselben Werkes anfertigen. Die Deutung hängt von sehr viel verschiedenen Faktoren ab. So gibt es innerhalb der Literaturwissenschaften unterschiedliche Methoden (Wege), literarische Werke zu deuten. Man kann beispielsweise die Biographie des Autors bei der Deutung seiner Texte berücksichtigen, oder die Interpretatoren haben ein besonderes Weltbild und deuten Literatur von diesem Standpunkt aus, wie in diesem Band die Auszüge aus der DDR-Literaturgeschichte etwa die marxistische Deutung zeigen.

Gerade beim Schimmelreiter zeigt ein Vergleich der hier abgedruckten Deutungen, wie wenig von der Vielschichtigkeit möglicher Bedeutungszusammenhänge durch die einseitige marxistische Interpretationsmethode erfaßt wird. Was bei einer politischen Dichtung, beispielsweise der Heinrich Heines, zu akzeptablen Interpretationen führen kann, versagt hier auf dem Felde einer Dichtung, die den Menschen einbettet in die Zusammenhänge der Natur und über das Problem seiner Tätigkeit auch nach Schuld und schicksalhafter Vorbestimmung fragt.

Zugleich zeigen diese Interpretationsbeispiele, daß von *einer* Deutung nicht die gesamte Vielfalt möglicher Bedeutungen erfaßt werden kann. Erst die Zusammenschau unterschiedlicher Methoden wird uns das Verständnis erleichtern, das ja eigentlich für jeden interessierten Leser die ganz persönliche Deutung des Werks voraussetzt.

Franz Stuckert: Theodor Storms Leben und Werk (1955)

„Der Schimmelreiter" unterscheidet sich nach Stoff und Gestaltung von allen vorhergehenden Erzählungen des Dichters. Er ist weder eine Sage noch ein Märchen, gehört weder der Reihe der im bürgerlich-bäuerlichen Lebenskreis spielenden Gegenwartsnovellen noch den Geschichtserzählungen an, stellt sich weder als ein Drama der Leidenschaft noch als eine Problemnovelle dar. Von alledem ist etwas in diesem Werk enthalten, in allem führt es begonnene Entwicklungslinien fort und schließt sie zugleich ab, und trotzdem ist es etwas anderes und Eigenes. Hier wächst unmittelbar aus der Landschaft und der ihr zugehörigen Menschenwelt eine Gestalt auf, die zugleich echteste Wirklichkeit und unfaßbare Überwirklichkeit ist, in der sich die Kräfte von Raum und Mensch, von Luft und Meer zum ewigen Sinnbild verdichten. Das heißt, hier vollzieht sich die Verwandlung der Wirklichkeit in den Mythos. Mythische Wirklichkeit ist es, die uns in dieser Erzählung umfängt, wie konkret und erdennah die Darstellung auch immer sein mag, ja gerade weil sie es ist. Was Storm mit der „Regentrude" fast unbewußt im Rausche fieberhaften Schaffens begonnen hatte, jenem Märchen, welches „ganz instinktiv im Sinn und Geist der germanischen Mythologie geschrieben" sei, wie er sich ausdrückte, das vollendet sich hier auf höherer Stufe und beinahe mit Naturnotwendigkeit. Licht, Luft und ziehende Nebelschwaden der Nordseeküste, der Sturmesatem des Meeres, Sorge, Kraft und Tatbereitschaft der Menschen, all das verbindet sich im Schimmelreiter, der bei Sturmfluten über den Deich reitet und die Menschen warnt, zu einer Gestalt, die nicht umsonst an den Gott Wodan der germanischen Göttersage erinnert.

Die Frage, ob der Schimmelreiter lediglich ein Phantasieerzeugnis, ein Wahngebilde des Aberglaubens sei, stellt sich gar nicht. Der Erzähler, der die Geschichte als erster niedergeschrieben hat, erlebt den Schimmelreiter auf dem Deich als unbezweifelbare Wirklichkeit, und selbst der aufgeklärte Schulmeister sieht ihn im Kreise der Deichbevollmächtigten vor dem Fenster vorbeisausen und erkennt seine Realität an.

Vermöge der mythischen Konkretheit seiner Darstellung, die gleichwohl immer den Schauer des Unheimlichen spüren läßt, kann der Dichter die eigentliche Innenerzählung als eine ganz reale Begebenheit aufbauen. Schon die größten und bedeutendsten Novellen Storms aus den letzten anderthalb Jahrzehnten seines Schaffens hatten den aktiven Menschen als den sich Behauptenden und sich Bewährenden im Kampfe mit dem Schicksal gezeigt.

Dieses Grundthema schließt Storm in mächtiger Steigerung mit dem „Schimmelreiter" ab und gibt ihm zugleich eine charakteristische Wendung. Hauke Haien besteht nicht nur das Schicksal, das ohne sein Zutun auf ihn „zukommt", sondern er fordert es heraus, ja, er gestaltet es selber, indem er – im Doppelsinne dieses Wortes – überall „angreift". Sein Kampf ist dabei dreifacher Art. Einmal kämpft er gegen die übermächtige Gewalt des Draußen, der Natur, die sich für ihn vor allem in der wilden Kraft des Meeres verkörpert. Hier liegt der Ansatz seines Willens, von dieser Stelle nimmt sein Schicksalsweg seinen Ausgang, durch diese Kraft kommt er um. Aber indem er diesen Kampf in aktivem Zugriff und mit schöpferischer Tat aufnimmt, gerät er ungewollt und doch zwangsläufig in Konflikt mit der menschlichen Gemeinschaft. Die tragische Paradoxie besteht darin, daß er sein Werk für die Gemeinschaft schafft und es nur durch sie schaffen kann, daß er aber gerade dadurch das Grundgesetz ihrer Ordnung verletzen muß. Indem er das Wagnis des Neuen beginnt, muß er notwendige alte Rechte schmälern, überlieferte Gewohnheiten stören, das Gleichgewicht der Kräfte verschieben. Der Anstoß liegt aber nicht nur in dem, was er tut, sondern vor allem in dem, was er ist. Durch Tat und Haltung hebt er sich wesensmäßig aus der Gemeinschaft heraus, setzt er sich in dauernden Widerspruch zu ihr. So sehr diese ihn braucht, so wenig kann – ja vielleicht darf – sie ihn auf die Dauer ertragen, weil er schon allein durch sein Dasein das Gefüge ihrer Ordnung bedroht. Das ist der uralte, immer wieder aufbrechende Konflikt zwischen dem Individuum und der Gemeinschaft, dem großen Menschen und dem Durchschnitt, in welchem sich der Prozeß des geschichtlichen Lebens vollzieht, ein Konflikt, der unausweichlich ist und von vornherein die Möglichkeit tragischen Scheiterns in sich schließt. –

Aber Hauke steht noch in einem dritten Kampf, den er nicht als Angreifender, sondern als Tragender und Duldender bestehen muß. Dem Kampf mit dem, was ihm als Schicksal verhängt ist. Dieses Schicksal tritt ihm als manchmal unbegreifliche Fügung entgegen, als Krankheit Elkes, als Schwachsinn Wienkes, als eigene Krankheit, die seinen Willen schwächt. Aus diesem Bereich kommt der entscheidende Schlag gegen ihn, der ihn vernichtend trifft. Nicht die Gewalt von Sturm und Meer, nicht der Widerstand der Menschen zerbricht ihn, sondern der Tod von Frau und Kind. Es ist das Verhängnis, das aus dem Dunkel nach ihm greift und ihm den Hort seines Friedens nimmt. Und erst an dieser Fügung wird ihm deutlich, daß Gott nicht seine Tat will – den Wiederaufbau des zerstörten Deiches und der überfluteten Weiden, die Neuordnung seines gestörten Verhältnisses zur Gemeinschaft –, sondern daß Gott sein Opfer fordert.

Ist dieser selbstgewählte Tod die Sühne für seine Schuld, und wenn ja, worin liegt diese Schuld begründet? Als in der Sturmnacht der alte Deich gerade an der Verbindungsstelle mit dem neuen bricht, ruft einer der Arbeiter Hauke zu: „Eure Schuld, Deichgraf! . . . Eure Schuld! Nehmt's mit vor Gottes Thron!" Aber Storm läßt es durchaus in der Schwebe, worin diese Schuld besteht. Hat es der Arbeiter, ganz eng gefaßt, nur so gemeint, daß Hauke, indem er den Durchstich des neuen Deiches hinderte, den alten Deich und die dahinterliegenden Köge gefährdet hat? Vielleicht! Hauke selber sieht die Schuld – und er allein kann es so sehen – in der ungenügenden Deichreparatur, die sich wiederum aus seiner Schwäche gegen den Widerstand der Gemeinschaft nach seiner Krankheit erklärt, und er ruft: „Herr Gott, ja ich bekenn' es, . . . ich habe meines Amtes schlecht gewartet!“ Für den Dichter liegt, wie zwei Stellen in einem Brief an Ferdinand Tönnies vom 7. April 1888 unmißverständlich beweisen, hierin die eigentliche Schuld Haukes. Aber bleibt Storm, der Ausleger, hier nicht hinter Storm, dem Dichter, zurück? Gerade in der schwebenden Unbestimmtheit dieses Rufes „Eure Schuld!“ drückt sich alles aus, was die Gemeinschaft Hauke vorzuwerfen hat. Der Vorwurf kann meinen: Haukes Handeln im gegenwärtigen Augenblick, er kann auch meinen, daß Hauke gegen das uralte Gesetz verstoßen habe, daß etwas „Lebiges“ in den Deich verdämmt werden müsse, er kann in sich schließen den nie verstummten Vorwurf, daß Hauke den Deichbau überhaupt unternommen und sich vor Gott und Menschen frevelhaft überhoben habe. Darin liegt in den Augen der Leute das eigentliche Vergehen des Deichgrafen, das Gottes Zorn auf ihn und die Gemeinde herabgezogen habe. Dieses Vergehen ist nicht mehr, wie jenes Versagen aus Schwäche, dessen sich Hauke schuldig fühlt, psychologisch erklärbar, sondern es ist die uranfängliche Schuld, die mit Haukes Dasein, Wesen und Handeln selber gesetzt ist. Und nur aus diesem Zusammenhang ist Haukes Opfertod verständlich und seiner überhaupt würdig. Als er sich seines eigenen Versagens bewußt geworden ist, da ist er doppelt bereit, zu leben und wiedergutzumachen. Ja, gerade in dieser Stunde schwerster Erprobung erlebt er den Triumph seines Werkes: „Ein unwillkürliches Jauchzen brach aus des Reiters Brust: ‚Der Hauke-Haien-Deich, er soll schon halten; er wird es noch nach hundert Jahren tun!‘ “ Erst als Frau und Kind in den Fluten versinken, kommt für ihn „das Ende“. Es liegt nicht allein darin, daß ihm nun sein Haus wie entseelt vorkommt, daß er nicht mehr bereit und fähig wäre, das Leben zu ertragen, und deshalb in den Tod entweicht; an dem Untergang dieser unschuldigen, ihm zugehörigen Menschen wird ihm deutlich, daß er nicht durch die helfende Tat, sondern nur durch sein verzichtendes Opfer die gestörte Ordnung wiederherstellen kann. So bleibt er bis zum Schluß der freie Herr seines Willens, wird nicht das Opfer seiner Schwäche: „Er richtet sich hoch auf und stieß dem Schimmel die Sporen in die Weichen; das Tier bäumte sich, es hätte sich fast überschlagen; aber die Kraft des Mannes drückte es herunter. ‚Vorwärts!‘ rief er noch einmal, wie er es so oft zum festen Ritt gerufen hatte: ‚Herr Gott, nimm mich; verschon die andern!‘ “ Das Werk, dem er als Lebender unablässig gedient hat, besiegelt er durch seinen freien Opfertod, und damit erfüllt er unwissend doch den alten Volksglauben, daß etwas „Lebiges“ in den Deich hineinmüsse, wenn er halten solle; denn er stürzt sich genau an derselben Stelle in den Abgrund, an dem er einst das Hündchen Perle vor dem gleichen

Schicksal gerettet hatte. Dieser Tod aber ist für Hauke Haien nicht das „Ende" und noch viel weniger „Erlösung", der Eingang in die ewige Seligkeit oder das absolute Nichts, sondern er ist Verwandlung in eine höhere mythische Wirklichkeit. Wie sein Werk weiterbesteht, allen Stürmen zum Trotz, und seinen Namen bewahrt, so lebt er selber weiter als reiner Geist, als sorgende, warnende, anspornende Kraft unter den Menschen der Küste, und auch er kann wie Faust von sich sagen: „Es kann die Spur von meinen Erdentagen / Nicht in Äonen untergehn." Die Verwandlung ins Ewige freilich ist nicht durch das dienende Tun zu gewinnen, sondern nur durch das eigene Opfer möglich; das ist das unverbrüchliche tragische Gesetz des Lebens. Diese Tragik ist genau so wie in der Novelle „Ein Bekenntnis" auf die höchste Gewissensentscheidung des einzelnen gestellt, aber was dort verwehrt war, die Sühne mit dem Tode, ist hier geboten. In beiden Fällen ist sie – in der Grundhaltung Hebbel verwandt – Ausdruck einer absoluten Tragik.

Die Gestalt Hauke Haiens wächst aus Natur und Menschenwelt der nordfriesischen Küstenlandschaft auf. Es ist ihr menschliches Sinnbild und ihr reinster Typus, so wie er geschildert wird: „Die lange Friesengestalt mit den klugen grauen Augen neben der hageren Nase und den zwei Schädelwölbungen darüber!", ernst und verschwiegen, zielbewußt und herrisch. Wie ein dunkler Mantel liegt von Jugend an die Einsamkeit um ihn. Nur durch das Verhältnis zu Elke und seinem blöden Töchterchen Wienke wird dieses Dunkel später erhellt. Aber auch das Wort verstehender Liebe dringt nicht in sein Innerstes, denn das Verhältnis zu Elke ist auf ein wortloses Verstehen gegründet, eine Lebensgemeinschaft, die sich im Schaffen und Handeln nach außen richtet und das Geheimnis der Seele keusch und scheu verschweigt. Im innersten Herzen ist Hauke Haien allein mit seinen Zielen und Plänen, mit seinen grüblerischen Gedanken über Welt und Gott. So sehr er ein klarer, kühler Rechner ist, so steht er doch in einem Verhältnis leidenschaftlicher Gefühlsbezogenheit zur Außenwelt. Als Liebe und Haß, als Trotz und Zorn, als Stolz und Überschwang bricht dieses Gefühl gelegentlich unvermittelt aus seinem verschlossenen Inneren hervor. Dieses seelische Zentrum wird von Storm nicht benannt, noch weniger beschrieben, aber es ist als richtende und wirkende Kraft dauernd gegenwärtig, es erfüllt sich im Handeln und Tun. So steht Hauke Haien – im äußersten Gegensatz zu den träumenden Gestalten der frühen Novellen – immer als ein Wirkender und Schaffender vor uns. Und selbst wenn er in seiner Jugend stundenlang scheinbar untätig am Deich liegt, ist sein Geist doch aufs schärfste auf ein Ziel gespannt. In einer bezeichnenden Gebärde findet das seinen Ausdruck: „Nach langem Hinstarren nickte er wohl langsam mit dem Kopfe oder zeichnete, ohne aufzusehen, mit der Hand eine weiche Linien, in die Luft, als ob er dem Deiche damit einen sanfteren Abfall geben wollte." Die ungemeine Kraft, die gar nicht anders kann als wirken und schaffen, ist der Grundzug seines Wesens. Wie er als Junge beim Erdkarren am Deich, ohne viel Aufhebens davon zu machen, mehr leistet als die andern und doch in der Frühstückspause auf dem umgestürzten Karren sitzt und den Euklid studiert, so kann er sich auch als erwachsener Mann nicht mit dem Gegebenen begnügen. Er muß, eine durchaus faustische Natur, immer vorwärts, über das Erreichte hinaus. Auch nach der Vollendung des großen Werkes, des Deichbaues, vergrößert er seinen Besitz und ist unermüdlich tätig.

Dieser Deichbau selber aber ist ebenso das Erzeugnis seiner tieferen Erkenntnis wie seines schaffenden Geistes und seines vorwärtsdrängenden Willens. Es bleibt bezeichnenderweise durchaus in der Schwebe, welches Motiv ihn zu dem Deichbau bestimmt hat. Er selbst gibt in der Versammlung der Anteilbesitzer an den neuen Kögen eine scheinbar eindeutige Begründung. Als Ole Peters ihm vorwirft, daß er bei dem neuen Werke nur aus Eigennutz gehandelt habe, erwidert Hauke, er habe ihnen allen zeigen wollen, daß er nicht nur seines Weibes wegen, sondern auch um seiner selbst willen Deichgraf sein könne. Gewiß trifft diese Erklärung zu, aber sie reicht keineswegs aus. Jenes „ungewaschene" Wort von Ole Peters ist doch nur der äußere Anlaß für sein Handeln, die tieferen Ursachen liegen in seinem Innern. Und wie sich da echtes Verantwortungsbewußtsein und eigenes Gewinnstreben, Ehrgeiz und Trotz, Schöpferfreude und Tatendrang mischen und durchdringen, das ist im einzelnen nicht auszumachen, sondern kann immer nur im Ganzen des Lebenszusammenhanges als Ausdruck einer komplexen seelischen Wirklichkeit erkannt werden. Dabei ist wesentlich: Hauke Haien ist keineswegs ein besonders guter oder edler Mensch. Dunkle Züge wie Jähzorn, Haß, Trotz, Berechnung bestimmen sein Bild ebenso wie helle und große. Ein ganzer Mensch lebt sich im vollen Umfang seines Wesens dar.

Dieser Charakter ist von vornherein fertig geprägt, er entwickelt sich nicht, sondern wächst nur in größere und weitere Zusammenhänge hinein. Das Amt des Deichgrafen und die Aufgabe des Deichbauers sind die wesensgemäße Erfüllung, auf die diese menschliche Entelechie angelegt ist, nicht das Ergebnis eines Zufalls oder individuellen persönlichen Ehrgeizes, so sehr auch diese in das Ganze mit hineinspielen mögen. Hauke ist wirklich ein „Berufener". Und im Tode für die Lebensaufgabe vollendet sich diese Persönlichkeit, die so ganz mit ihrem Werke eins geworden ist.

Neben der einsamen Führergestalt Hauke Haiens steht ebenbürtig als echte Lebensgefährtin Elke Volkerts. Wenn Storm die keimende Zuneigung zueinander auf die ungewöhnlich nüchterne Formel bringt, „sie waren beide geborene Rechner", so drückt er damit nur aus, daß nicht irgendeine weiche Gefühlsregung, sondern die unbewußte Übereinstimmung der ganzen Art dieses Verhältnis begründet. Die Ehe entwickelt sich, fern jeder Gefühlsseligkeit, zu einem wirklichen Miteinander zweier Menschen in schweigendem Verstehen. So wenig sie davon sprechen, so sind sie doch dauernd aufeinander bezogen und angewiesen. Auch Elke ist klar, klug, bestimmt, energisch. Durch entschlossenes Eingreifen sichert sie am Begräbnistage ihres Vaters dem heimlich Verlobten das Amt, zu dem einzig er berufen ist. Ihr ganzes Wesen ist weniger durch demütig hingebende Liebe als durch abstandhaltende, verständnisvolle Treue geprägt. Und in der Bewährung dieser Treue, die den Lebensgefährten in der Stunde höchster Gefahr nicht alleinlassen will, findet sie den Tod. –

Gerade diese Gestalt in ihrer kühlen Verhaltenheit und verschwiegenen Teilnahme am Lebenswerk ihres Mannes zeigt, wie sich Storms Frauenbild seit seiner Frühzeit gewandelt hat. Dort stand das feine, zarte, sehnsüchtig auf das Leben und die Liebe wartende Mädchen im Mittelpunkt, hier die kluge, starke, das Leben meisternde Frau. Die Liebe ist nicht mehr der höchste Daseinswert, auf den alles bezogen wird, sondern ist die tiefe tragende Kraft, aus der – ihr selber kaum bewußt – die Frau im Alltag lebt; nicht Leidenschaft oder Traum, sondern eine stille Quelle der Stärke und des Segens.

All das wird von Storm im Zuge der Handlung sichtbar gemacht; nur durch ein paar karge Worte oder eine bezeichnende Gebärde wird es angedeutet und ist doch eindringlich und unmittelbar immer gegenwärtig. Diese Form der leise andeutenden Menschendarstellung ist besonders bei der Zeichnung des Töchterchens Wienke wirksam. Gelegentlich wird im Gange der Handlung ein Zug erwähnt, der auf das erschreckende Geheimnis um dieses Kind hinweist: bei der Geburt klingt sein Geschrei „wunderlich verhohlen", später lacht es nicht, die Augen sehen ein wenig stumpf, es spricht kaum, sondern ist mit seinem „stillen einfältigen Gesichtlein" nur da, bis Elke schließlich vor ihrem Manne schmerzlich bekennen muß: „Das Kind, das ich nach Jahren dir geboren habe . . ., es ist schwachsinnig." Die ganze Weltverlorenheit dieses armen Kindes spricht sich aus in der Kameradschaft mit der uralten, halb wirren Trin Jans, dem Spiel mit Hund und Möwe, der anschmiegsamen, Schutz suchenden Liebe für den Vater, der Angst vor dem Meere. Ein Geschöpf, rührend und hilflos, aufgestiegen aus dem unergründlichen Born des Lebens und dem Spiel des Schicksals bewußtlos preisgegeben, letztes und höchstes Erzeugnis von Storms Überzeugung von der „Geworfenheit" des Menschen.

Eine andere Welt ist es, die sich in den übrigen Menschen der Novelle darstellt: breit, behäbig und erdenfest. Auch diese Welt ist mannigfach in sich gestuft und in engem Umkreis reich differenziert. Um die Menschen schärfer charakterisieren zu können – mit einfachen Mitteln und ohne sich lange dabei aufzuhalten –, stellt Storm gern die Gegensätze einander gegenüber, so den gemütlichen, stumpfen und gefräßigen alten Deichgrafen Tede Volkerts und Haukes Vater, den eigenbrötlerischen, klugen und etwas sarkastischen Tede Haien. Das Verhältnis von Vater und Sohn ist hier nicht, wie so oft bei dem späten Storm, auf einen tragischen Gegensatz gerichtet; es vollzieht sich zwar in kühler, abstandhaltender Achtung voreinander, aber es beruht doch auf einem tiefen Verständnis und echter Fürsorge füreinander. Vater und Sohn stehen unter dem Gesetz derselben Aufgabe und sind gleicher Art, der Sohn setzt nur fort, was Vater und Großvater begonnen haben. – Auch die übrigen Menschen, so wenig selbständiges Eigenleben sie gewinnen, Trin Jans, Ole Peters und die dicke Vollina, Jewe Manners und die andern Deichgevollmächtigten, die Knechte und Mägde sowie die Arbeiter am Deich, sie alle sind mit kurzen, eindrucksvollen Strichen gezeichnet. Und jeder dieser langsamen, wortkargen Menschen gehört zu Stamm und Lebensraum dieser Landschaft, ist durch und durch echt gestaltet. Kein falscher Ton aus der bürgerlichen Bildungssphäre stört, kein Wort und kein Gedanke – auch bei Hauke Haien nicht – reicht über diese geschlossene Welt hinaus. Nur in dem eigentlichen Erzähler der Geschichte vom Schimmelreiter, dem alten Schulmeister, hat Storm eine Gestalt aus einer höheren Bildungsschicht eingeführt und hat sie in Erscheinung und Wesen sorgfältig durchgezeichnet. Er bildet die Brücke zwischen dem Reiter, der die Geschichte später niederschreibt, und dem Volke, beiden, der Welt der Bildung und dem Volke, zugehörig. Darum spiegelt sich in seinem Urteil und Verhalten auch die ganze Zwiespältigkeit gegenüber der Erscheinung des Schimmelreiters, der Glaube an seine Realität und zugleich die Kritik des Aberglaubens. Mag auch seine kritische Schlußwendung, die Rede von dem Pfaffen und dem Heiligen, dem tüchtigen Kerl und dem Nachtgespenst, die Anspielung auf Sokrates und Christus, allzu direkt und deutlich klingen, sie bleibt im Rahmen seiner geistigen Welt immerhin möglich und vermag die beschworene mythische Wirklichkeit nicht auszulöschen.

Auch der „Schimmelreiter" ist eine Rahmenerzählung wie viele der Novellen Storms, vor allem die historischen. Ja, um diese Deichgeschichte ist sogar ein doppelter Rahmen gelegt, ein äußerer und ein innerer. Die äußere Rahmenerzählung berichtet ganz knapp, wie der Dichter die Geschichte in einer Zeitschrift gelesen habe; sie ist aber am Ende nicht geschlossen. Die Geschichte klingt vielmehr mit der inneren Rahmenerzählung aus. Man mag fragen, warum der Dichter diese etwas verschachtelte Form gewählt hat. Der Grund liegt zweifellos darin, daß er, ähnlich wie in den historischen Novellen, die Echtheit und Kontinuität der Überlieferung hat betonen wollen. Die Gewalt des Gegenstandes hat ihn dann so erfüllt, daß es sich von selbst verbot, nach diesem mächtigen Schluß noch einmal in die bürgerliche Wirklichkeit seiner Zeit hinabzusteigen. – Der innere Rahmen und die eigentliche Innenerzählung sind fest aufeinander bezogen. Sie spielen in derselben Umgebung und auf demselben Boden. Die Gestalt des Schimmelreiters reicht mehrfach unmittelbar in die Rahmenerzählung hinein, beide Handlungsabläufe sind auf dasselbe Thema, die Sturmflut, bezogen und eng miteinander verschränkt. Dabei wird der Kreis der Zuhörer immer kleiner, je weiter die Erzählung des Schulmeisters vom Äußeren ins Innere fortschreitet. Bevor die Geschichte von der Verlobung Elkes und Haukes und vom Tode Tede Volkerts beginnt, wird der Schauplatz der Rahmenerzählung aus der allgemeinen Wirtsstube in das Zimmer des Schulmeisters verlegt, und hier, in der intimen Umgebung, nur im Gespräch zwischen dem Erzähler und seinem Zuhörer, wird der Bericht vom Schicksal Hauke Haiens und der Seinen zu Ende geführt.

Diese eigentliche Kernhandlung ist in drei Stufen aufgebaut. Der erste Teil behandelt die Jugend Haukes und seine Dienstzeit bis zum Antritt des väterlichen Erbes, der zweite seinen Aufstieg zum Deichgrafen und den Bau des Deiches, der dritte sein Leben in der Familie, die Krankheit und den Untergang. Die beiden ersten Teile sind ungefähr gleich lang, der letzte, bei dem sich das Geschehen zunächst im Innerlichen und Zuständigen beruhigt, ist etwa um ein Drittel kürzer. Deutliche Zäsuren trennen diese einzelnen Abschnitte voneinander. Dabei ist jeder in sich gerundet und hat seinen eigenen Höhepunkt; der erste in dem Eisboseln, der zweite in dem Zusammenstoß Haukes mit den Arbeitern bei der Schließung des neuen Deiches, der dritte in der Nacht der großen Sturmflut. Jeder von ihnen zeigt die kämpferische Auseinandersetzung Hauke Haiens mit seiner Umwelt und liegt auf einer jeweils höheren Ebene, so daß die Entwicklungskurve der Novelle bis zum Schluß ansteigt. Dem widerspricht scheinbar die breitere, beruhigte, handlungsärmere Darstellung des dritten Teils, zumal da sich der zweite durch seine größere Länge und das Gewicht der Ereignisse wie ein mächtiges Massiv heraushebt.

Aber die scheinbar ruhigen Partien des dritten Abschnittes sind in Wirklichkeit von Unruhe und innerer Spannung erfüllt, in ihnen bereitet sich das Unheil vor, das Hauke und seine Familie verschlingt, in ihnen gewinnt die Gestalt Hauke Haiens erst ihre ganze Tiefe und innere Mächtigkeit. Storm zeigt sich gerade in der Art, wie er die äußere Spannung an- und abschwellen läßt, wie er die Ereignisse vorbereitet und miteinander in Beziehung setzt, wie er die Höhepunkte herausarbeitet, im „Schimmelreiter" als ein epischer Baukünstler hohen Ranges. Auf den Schluß, die große Sturmflut und den Untergang Haukes, laufen alle Linien der Erzählung zu, in ihm verschlingen sich alle Motive, hier bringt die Katastrophe zugleich Lösung und Deutung, und alle künstlerischen Darstellungsmittel vereinigen sich hier wie in einer mächtigen Symphonie.

Die ideelle und menschliche Überlegenheit Hauke Haiens wird episch dadurch sinnfällig gemacht, daß die ganze Erzählung nur auf ihn bezogen ist. Alles geschieht nicht nur an ihm, sondern auch durch ihn. Während Storm in den historischen Novellen, die stofflich dem „Schimmelreiter" besonders nahestehen, den epischen Vorgang in vielfachen Brechungen und Spiegelungen von verschiedenen Blickpunkten her, verschleiert und andeutend, dargestellt hat, erzählt er hier in direktem Zugriff, sachgetreu und in genauer Zeitfolge. Nur an einer Stelle hat der Dichter dieses für den „Schimmelreiter" gültige Gesetz der epischen Perspektive durchbrochen: als es gilt, die Entstehung des Aberglaubens von dem geheimnisvollen Schimmel zu erzählen. Dieser Teil der Handlung, ein integrierter Bestandteil der ganzen Geschichte, konnte nur aus dem Volke und am Volke entwickelt werden. Aber Storm hat ihm das Eigengewicht dadurch genommen, daß er ihn an einer dynamisch besonders wichtigen Stelle, zwischen Entwurf und Ausführung des Deichbaus – gewissermaßen in der Atempause vor dem großen Werk – eingefügt hat. Er greift damit auf den Anfang zurück und weist auf den Schluß hin. Die scheinbare Episode geht so, eng verbunden mit dem unmittelbar darauf folgenden Schimmelkauf, voll in die Gesamthandlung ein.

Wie ferne der „Schimmelreiter" – trotz seines Stoffes – aller Romantik steht, zeigt auch sein Sprachstil. Er entspricht vollkommen der Klarheit, ja, Nüchternheit der epischen Grundhaltung. Nichts wird verschleiert oder in Stimmung aufgelöst. Besonders aufschlußreich dafür sind die Szenen, wie Iven Johns und Carsten das Pferdegerippe auf Jevershallig untersuchen, also das Unheimliche und Magische sich am stärksten manifestiert. Alles in der Novelle wird klar und genau benannt. Sachlich und ohne Umschweife beginnt der Schulmeister seine Erzählung im Stile eines ruhigen chronikalischen Berichterstatters, und ebenso knapp und sachlich schließt die Novelle. Die Sätze sind meist kurz und einfach gebaut, der Hauptsatz herrscht durchaus vor. Der eigentliche Träger des epischen Vorgangs ist das Verbum. Es erscheint, besonders an den dramatischen Höhepunkten der Handlung, in einer großen Vielfalt und mit feinsten Abstufungen an Bedeutung, Gewicht und Klang. Charakteristische Attribute, die das Erzählte nuancieren und stimmunggebenden Wert besitzen, treten zurück, ebenso verweisende, glättende und füllende Bindewörter. Dadurch verliert der Satzrhythmus die gleitende, weiche Wellenbewegung, die er in den frühen Erzählungen, aber auch noch etwa in „Aquis submersus" hatte, er wird hart und stoßend. Aber gerade dies Vorherrschen des Verbums gibt dem Stil Zielsicherheit, Energie und ein ausgesprochen dynamisches Gepräge. – Alle diese Stilzüge treten am schärfsten heraus in der Darstelung der großen Sturmnacht, in der die Novelle überhaupt ihren Höhepunkt findet. Inhalt und Form, Sinn und Klang verbinden sich hier zu einer von Storm auch in seinen besten Leistungen selten erreichten Einheit.

Der „Schimmelreiter" geht in seinem äußeren Umfang erheblich über die bis dahin längste Novelle Storms, „Zur Chronik von Grieshuus", hinaus, und man hat auch bei diesem Werke immer wieder die Frage gestellt, ob es sich nicht in Wirklichkeit um einen Roman handele. Dafür würden sprechen die Länge der Erzählung überhaupt, die zeitliche Ausdehnung über ein ganzes Menschenleben hinweg, die Ausgestaltung von Nebenszenen, die Hereinnahme zahlreicher gegenständlicher Elemente. Aber dies alles wird doch nicht gegeben als eine vielfältig gestufte Welt, die für sich da ist, sondern nur in strengem Bezug auf Hauke Haien. Und selbst sein Leben wird nicht dargestellt in der ganzen Breite und Fülle seines Daseins, sondern nur in der Beziehung auf den Aufstieg und Untergang dieses Mannes. Die Erzählung verläuft vollkommen auf dieser einen Linie, ist nicht vielschichtig gebaut als Objektivierung eines eigentümlichen Stückes „Welt". Etwa die dörfliche Gemeinschaft erscheint niemals als solche, immer nur als Mitspieler, Widerpart oder Resonanzboden für Hauke Haien. Und die epischen Mittel, die verwendet werden, gehören ausschließlich zur Stilform der Novelle, nicht des Romans: die schlanke und zügige Erzählweise, der Gegensatz von knapp berichtenden Teilen und ausgearbeiteten Spielszenen, die einseitige Beleuchtung der Figuren von einem bestimmten Punkt aus, das Fehlen einer vertieften Darstellung des geistig-seelischen Menschenbildes und des zeitlich räumlichen Hintergrundes. Die Länge allein besagt nichts. Mehrere der Novellen Heyses oder C. F. Meyers sind ebenso lang oder länger. Und gerade an derjenigen Erzählung C. F. Meyers, die motivisch die größte Ähnlichkeit mit dem „Schimmelreiter" hat, dem „Jürg Jenatsch", wird der Unterschied zwischen Roman und Novelle deutlich. Die „Bündnergeschichte" ist ein Roman, der Held ist – handelnd und leidend – auf eine ganze Welt bezogen, die in ihrer gegenständlichen Fülle und Vielfalt in der Erzählung ausgebreitet ist. Der „Schimmelreiter" dagegen ist nur die Geschichte Hauke Haiens, so echt und großartig sich auch in ihr die Umwelt darstellt. So bleibt Storm auch hier dem selbstgewählten Gesetz seines epischen Schaffens treu und überschreitet nicht die Grenzen seiner Möglichkeiten. Für die Form des Romans fehlte ihm geistig die Tiefe, stofflich die Weltfülle, stilistisch die geruhsame Breite objektivierender Spiegelung. Seine späten Novellen nahmen bei wachsender Länge nicht Stilelemente des Romans, sondern des Dramas in sich auf, und mit dem Drama vergleicht Storm in einer zurückgezogenen Vorrede aus dem Jahre 1881 ausdrücklich die Novelle. Zwar ist das Wort Storms: „Wenn ich jünger wäre, würde ich zum Drama übergehen", nicht recht glaubwürdig, aber es zeigt die Richtung an, in der sich sein Novellenschaffen bewegt hat. Sie führte nicht zum Roman.

„Der Schimmelreiter" ist Storms letztes Werk, und er ist sein höchstes geworden. Zwar war er selber, durch Krankheit sehr geschwächt, mißtrauischer gegen die fertige Novelle, als er in früheren Jahren nach Abschluß eines Werkes gewesen war, aber der stürmische Beifall urteilsfähiger Freunde tat ihm doch wohl, und so schreibt er an Ferdinand Tönnies: „Dann ist es ja auch ganz gedeihlich, daß einer aus der alten Schule einmal wieder etwas geleistet hat, was den Besten das Herz bewegt. So wäre der Zeitpunkt des Abtretens jetzt nicht ungünstig. Aber er fügt sofort hinzu, und das spricht von dem mächtigen Schaffensdrang des vom Tode schon Gezeichneten: „Doch, mein lieber junger Freund, wünsche ich herzlich ein nochmaliges Emporkommen, noch einmal meine Freunde so zufriedenstellen zu können, und ich will die Hoffnung darauf noch nicht aufgeben." In der Tat hat er nicht nur die Vorarbeiten für eine neue Novelle, „Die Armesünderglocke", begonnen, sondern einzelne Teile auch schon ausgearbeitet gehabt. So wenig diese Bruchstücke von dem eigentlichen Verlauf der Handlung erkennen lassen, eins wird daran doch deutlich: in Darstellung und Stil verwirklicht der Dichter eine Form, die eigentlich noch vor der mit „Aquis submersus" erreichten Entwicklungsstufe liegt. Es ist nicht anzunehmen, daß er mit dieser Novelle die Höhe der besten Leistungen seiner Spätzeit erreicht, geschweige übertroffen hätte. Und so ist es für ihn selber besser gewesen, daß er mit dem „Schimmelreiter" abgetreten ist.

„Der Schimmelreiter" bleibt demnach Abschluß und zugleich Höhepunkt von Storms Novellenschaffen. Andere seiner Novellen mögen kunstvoller im Bau, reicher und glühender in den Farben, ja, vielleicht sogar stärker in der tragischen Erschütterung sein, aber keine erreicht ihn in der Wucht und Größe der epischen Gestaltung, in der vielsagenden Einfachheit und Strenge des Stils, in der Tiefe der sinnbildlichen Bedeutung. Landschaft und Menschentum der Nordseeküste, Unruhe, Reichtum und Gefahr der nordischen Seele sind hier wie niemals vorher und niemals wieder ins dichterische Wort gebannt und in den dauernden Besitz des deutschen Geistes gehoben worden. Der Erzähler Storm aber hat sich in dem Mythos seiner Heimat vollendet.

Franz *Stuckert:* Theodor Storms Leben und sein Werk, Bremen 1955, S. 399 ff.

Johannes Klein: Geschichte der deutschen Novelle (1956)

Das Werk als Schicksal: „Der Schimmelreiter"

Storms letztes Werk, kurz vor seinem Tode fertig geworden, ist die monumentalste deutsche Novelle seit dem „Kohlhaas" und unfertig wie dieser. Wie der „Kohlhaas" begeistert er und befremdet dann, läßt keine letzte menschliche Annäherung zu, ja über den „Kohlhaas" hinaus wird das Menschliche zu groß und einsam. Und trotz äußerer Abrundung sind die Teile nicht gleichmäßig durchgeführt. Es ist das letzte Werk eines todkranken Dichters und enthält alles Heldentum eines Geistes, der sich gegen einen gebrechlichen Leib durchsetzt. Daß aber das letzte Werk bei allen Fragwürdigkeiten das gewaltigste ist, bleibt ein seltener Fall. Es bedeutet viel, wenn man Storm neben Kleist nennen muß. Nicht nur innerhalb der Geschichte unserer Novelle, sondern auch unseres Geisteslebens überhaupt ist damit eine Wertordnung berührt. Das ist umso wichtiger, als die Wege beider Dichter so verschieden waren. Kleist trat mit seinen Novellen als ein Fertiger auf und starb füh. Storm reifte in einer langsamen Entwicklung und vollendete sich im Alter.

Der Grundzug des „Schimmelreiters" ist dem des „Kohlhaas" verwandt. Bei Kleist kämpft ein einzelner gegen die übermächtige Ungerechtigkeit der Welt, bei Storm ein einzelner gegen die Elementarmacht und meschliche Verstocktheit. Kleists Kohlhaas und Storms Hauke Haien erliegen, um einen Ausdruck Schillers zu gebrauchen, in Sympathie mit der ewigen Übermacht.

Wir haben es mit einer doppelten Rahmennovelle zu tun. Die erste umschließt die zweite, und dadurch rückt das halb geschichtliche, halb gespenstische Geschehen in noch größere Ferne.

[. . .]

Zwei Leitmotive fügen sich zueinander: das des Schimmelreiters, mit dem die Hauptgestalt in die Mitte tritt, – es wird durch das Motiv des Gespensterpferdes ins Unheimliche gerückt – sowie das des Opfers. Seinem Werk hingegeben, muß Hauke selber als lebendiges Opfer sein Werk festigen. Jedes Werk schaut über Jahrhunderte und nicht nur über ein kurzes Leben, ist also aus dem Dasein von Fleisch und Blut allein noch nicht verständlich. Das Volk wählt den ihm gemäßen Ausdruck und entmenschlicht den Schimmelreiter. So irrt der Geist des Toten noch immer um sein Werk und warnt bei Gefahr. So lebt der Schöpfer in seinem Werk. Die Rahmenhandlung führt auf dies Weiterleben hin. – Gegenmotiv zu den Leitmotiven sind die Vögel, die in den Eisbrüchen Fische fangen, groß wie Nebelgespenster. Ein Augen-Erlebnis wird Sinnbild für das Elementare, mit dem der Menschengeist ringen muß. All das ist aus der Wirklichkeit genommen; die seltsamen Gebilde, die vom Meer aufsteigen, der Dunst der die Gestalten verändert, scheinen vom Wirklichen ins Gespenstische zu wachsen . . . Storm beläßt diese Mittelwelt mit Absicht in sich und macht sie glaubhaft; so rührt sie an die Grenzen der uns bekannten Wirklichkeit. – Damit erfüllen die Motive den Sinn, den sie bei Storm seit der mittleren Zeit hatten: weiterzutreiben und zu deuten. Das Motiv des Pferdes, das Motiv des Opfers sagen, was gemeint ist, so daß Storm die Tragik seines Helden nicht zu erklären braucht; darin deuten sie. Und sie treiben zugleich weiter, weil Hauke sich durch sein abergläubisch betrachtetes Tier wie durch die Verhinderung des Deichopfers unbeliebt macht, die steigende Unbeliebtheit ihn innerlich schwächt und schließlich schuldig macht.

Alles ist auf die innere Mitte: den Deichbau bezogen, und im Mittelpunktsereignis: der Sturmflut, vollendet sich das novellistische Profil. Es ist eine Charakternovelle, aber mit dem Einschlag von Schicksalhaftigkeit, der für Storm typisch ist. Hauke Haiens Untergang beginnt dort, wo er den Widerstand gegen die Welt aufgegeben hat, wo er sich selber untreu wird. In der Wechselwirkung zwischen dem Einzelnen und der Gesellschaft ist er zu lange Einzelner gewesen und gerät nun ins Gegenteil: er läßt sich gleichmachen. Mit dem Bruch in seinem Wesen ist auch der Bruch in seinem Werk vollzogen. Diese Entwicklung des Charakters ist folgerichtig, aber er ist so groß, daß er in sich etwas Ungewöhnliches, fast Gewittriges trägt, und damit wird er unausweichlich: schicksalhaft. Aber hier geht das

Schicksal nicht blind über den Einzelnen hinweg, sondern es ist an den Menschen gebunden; es verdeutlicht und erfüllt sich in ihm. Die gespenstischen Züge die man dem Schimmelreiter andichtet, sind nicht nur von außen her, vom Unverständnis der Menschen aus erklärlich, sondern sie entsprechen einem innersten Trieb Storms, die Wirklichkeit zu erweitern, durchsichtig zu machen, ewige Hintergründe für sie zu finden. Zum letzten Mal leistet seine Gestaltung weit mehr als seine Weltanschauung.

Nach Art der Meisternovellen ergibt sich im „Schimmelreiter" aus Motiven und Geschehnis die Idee: die Einsamkeit des bedeutenden Menschen, der Wesentliches für die Menschheit – gegen sie durchsetzen muß. Er muß als Eigenzweck verfolgen, was ihm nicht eigen ist. Er muß daher die Verfolgung auf sich nehmen, die jeden Eigensüchtigen trifft, und doch trifft sie ihn in seinem Gewissen nicht. So peinigt sie ihn mit Recht und Unrecht zugleich. Er muß sich an der Schöpferkraft genügen lassen; ihm ist ein großes Maß zugemessen, nur das Glück der Gemeinschaft nicht. Obendrein trifft ihn jede Schuld mit verdoppelter Wucht. Wo es natürlich ist, einzustimmen, ist es für ihn Verbrechen, und er sehnt sich doch nur nach Frieden. Wo er ihn schließt, verdirbt er die mit, zu denen er sich endlich hatte finden wollen. Die Liebesgemeinschaft ist für ihn nur im Bewußtsein künftigen Heils für das Ganze da, aber nicht als Geschenk der Gegenwart. Das ist Vorbestimmung, aber es wird mißverstanden als Hochmut und gedeutet als Schuld. Es wird Schuld, wenn der Verbitterte den Riß vertieft, noch mehr, wenn er in persönlichem Haß um sein Werk als um das Persönlichste kämpft. Schuld ist es, und doch unausbleiblich, denn woher nähme er die Kraft, selbstlos die Zukunft derer zu lieben, die ihn hassen? Er nimmt sein persönliches Anliegen zu Hilfe und gerät in den tragischen Widerspruch. Daher verbindet Hauke den eigenen Gewinn mit dem Gewinn des Werkes, wenn auch der Grund nicht Gewinnsucht, sondern Stolz ist.

Diesem Werkmenschen tritt als Gegengestalt Ole Peters gegenüber, hinter ihm die Bevölkerung, in einigen Fällen die Arbeiter. Ole Peters ist kein Massenmensch, der gegen den Einzelnen stünde, hat nichts von den herdenhaft Dumpfen, die sich gegen den Überlegenen aufpeitschen lassen. Er vertritt das selbstbewußte Mittelmaß, das überall nein sagt, wo es um ein Übermittleres geht, um Gründe nie verlegen, immer im Recht. Erst schädigt er das Werk, dann rechnet er den Mißerfolg des verstümmelten Werkes seinem Schöpfer zur Schuld an. Große Dinge zu fassen, ist er nicht klug genug, aber zu klug, um den gefährlichen Anspruch des Weitblickenden nicht zu wittern. Er ist innerlich zu arm, um das Menschlichste zu fördern, aber zu reich, um sich als Werkzeug mißbrauchen zu lassen.

Er ist die Verzweiflung der schöpferischen Naturen und doch oft die beste, ausführende Kraft: unfähig, zu schaffen, unentbehrlich, Geschaffenes zu erhalten. Er leistet Widerstand; er erkennt nicht an. Aber was geleistet ist, übernimmt er.

Diese Urtragödie des schöpferischen Menschen vollzieht sich in der Stimmung großer Landschaft, und die Landschaft dient dazu, die überzeitliche Gebundenheit dieses einsamen Menschen an ein Gemeinsames zu verdeutlichen. Er ist ja selber, als ob er aus ihr gewachsen wäre. Die Landschaft ist nicht der Stimmung wegen da: sie handelt mit. In ihr ist ja, über den Menschen hinaus, der große Widerpart: das Meer, dem Herzen befreundet und zugleich die äußerste Gefahr. Die Landschaft ist immer da, und ihre Stimmungen sind nicht nur in der Seele des Menschen empfunden, sondern sie sind wie Zustände einer ungeheuren Gestalt, bald zugeneigt, bald feindlich. Sie nimmt schließlich den Menschen Hauke in ihre tödliche Gemeinschaft auf; sie bewahrt damit die Größe seiner geistigen Gestalt. Der gedichthafte Realismus Storms geht ins Mythische über.

Dabei bleibt es tröstlich, daß Elke Volkerts, ein starker Mensch, diesem Mann die Hand reicht, daß sie mit Liebe neben seiner Einsamkeit her geht, auch wenn diese Liebe in einem tieferen Sinn unfruchtbar bleiben muß, weil das Kind schwachsinnig ist. Hauke Haien ist das Glück der letzten Liebeserfüllung verweigert; es ist kein Zufall, daß gerade jenes Motiv der Vögel, die gleich Nebelgespenstern sind, wieder auftaucht, wenn er mit seinem Kinde auf dem Deich wandert. Bei der Entschiedenheit, mit der Elke liebt und glaubt, könnte er der Liebeserfüllung näher sein als irgendein anderer. Wie weit sie geht, ist gesagt, wenn Hauke in der Angst um Elke sogar Gott anfleht. Wie weit sie nicht geht, ahnt man nur.

Dem entspricht die herbe, knappe Sprache, die selten vorher, ausgenommen in „Hans und Heinz Kirch", bei Storm eine solche Gedrungenheit angenommen hatte. Sie lebt gleichsam aus dem inhaltstiefen Schweigen. Beispiele sind die Unterredung zwischen Hauke und seinem Vater, als für ihn ein Platz außerhalb der väterlichen Hütte gefunden werden muß, oder der Auftritt, als Hauke und Elke einander nach dem Eisboseln finden. –

Bei der Größe des Werkes zeigen sich jene voraus angedeuteten Schwächen. Die inneren Linien sind nicht ungebrochen, auch nicht immer sichtbar. Zuweilen laufen sie sozusagen, unterirdisch. Die Entwicklung Haukes ist nicht immer klar; manches muß man erschließen oder ergänzen. So erfährt man nicht, was in Hauke vorgeht, wenn er Ehrgeiz und Haß verschließt. Seine Liebe zu Elke steht dadurch im Verdacht, daß sie durch Ehrgeiz entstellt ist. Die Auswirkung dieser Züge wird nicht greifbar, die erregenden Widersprüche und Fragen, die sich daraus ergeben würden, sind nicht ausgenutzt. Aber man hat, wie bei allen wesentlichen Dingen, zu fragen, was da ist und weniger, was fehlt.

Knappheit und Lebensnähe der Darstellung haben durch Storm einen hohen Grad erreicht, ebenso hoch steht die Gedichthaftigkeit. Die novellistische Form ist in epochemachender Weise bei ihm durchgebildet worden. Als er den „Schimmelreiter" unter Qualen vollendete, bewies er, daß er wie jeder bedeutende Dichter nicht nach seinem Glück, sondern nach seinem Werk getrachtet hatte.

Johannes *Klein:* Geschichte der deutschen Novelle von Goethe bis zur Gegenwart. Wiesbaden 1956, S. 266 ff.

Fritz Martini: Deutsche Literatur im bürgerlichen Realismus (1962)

„Der Schimmelreiter"

Der Novelle „Der Schimmelreiter", seiner letzten, durch die Nähe des Todes eher gestärkten Novelle, hat Storm lange Reifezeit gelassen. Er blieb in ihr nicht bei der Psychologie; er ließ auch die bürgerlichen Sicherungen hinter sich. In ihr sind alle Grundmotive und Stimmungen seiner Spätzeit vereinigt; verdichtet zum Spukhaft-Dämonischen der Dinge und zum irrational Verhängnishaften des Mensch-Seins. Die doppelt zurückspiegelnde Rahmengebung, die das ergreifend Unerhörte des Vorgangs wie seine sagenhafte Ungewißheit, die Betroffenheit durch ihn wie seine Distanz im Unfaßbaren einprägen soll, deutet auf eine künstlerisch nicht voll bewältigte Spaltung zwischen Storms lyrischem Stimmungsstil und dem mehr dramatisch-balladesken Tatsachenstil. Sie deutet auf eine unklare Mischung von subjektivierter Erzählweise und aus sich sprechender objektivierter Gegenständlichkeit. Dies beeinträchtigt die Einheit des Erzählgefüges. Storm fand in „Der Schimmelreiter" in einem psychologisch wahrscheinlichen und dennoch zum Dämonisch-Gespenstischen entrückten Ablauf, in einem mit Erregungsakzenten gestrafften Lebensbild und in dessen von außen und innen zuwachsender Tragik die knappe, herbe Gestaltung dessen, was sich in ihm seit 1870, noch immer nicht voll ausgeschöpft, vorbereitet hatte. Die psychologisch-rational nicht auflösbaren Spannungen, die er zur Formeinheit von Heldenballade und Tragödie, Wirklichkeitsereignis und mythisierender Sage brachte, prägen ein, wie er kraft ihrer Stilisierungen die Novelle zur Symbolsprache des Irrationalen führen konnte. Es bleibt nicht beim Stimmungsreiz, obwohl der äußere Rahmenansatz auf ihn einzustimmen scheint; ebenso ist die einsame

Figur des Hauke Haien, trotz ihrer gesteigerten Individualität, nicht auf das Psychologische begrenzt. Hauke Haien gewinnt aus Landschaft und Volkstum, denen Storm hier die dichteste Eigenwirklichkeit gegeben hat, als sozialer Emporkömmling und seelischer Aristokrat, als geradezu vermessener Individualist des Willens und der Tat eine umfassendere Typik. Sie weitet sich in das Mythische, je mehr sich sein Leben der Verwobenheit von Schuld, Schicksal und Tod entgegenbewegt, unter das Gesetz des Verhängnishaften gerät. Dies prägt sich aus, wo in seiner Katastrophe der Zufall, die Folgen seiner Taten und das Schicksal mit schwebenden Konturen ineinander übergehen. Ein psychologisches Geschick, sozial begründet, durch Volksnatur und Umwelt determiniert, geht in die Traumwirklichkeit des Magisch-Gespenstischen über, die sich in Gerücht und Sage spiegelt. Volkstypus und Landschaft, das Elementare, Ungebändigte eines eigensinnig harten Charakters, Wille und Getriebenheit, Leidenschaft und Verhängnis bilden das Ganze eines vielschichtigen Schicksals. Es wird durch die gestufte Rahmenhandlung, durch beständige Übergänge im Halbdunkel gehalten, dem Begreifen angenähert und während seiner Steigerung zur Katastrophe mehr und mehr entrückt. Das Verhältnis zwischen dem mythischen und geschichtlichen Bereich, dem Magischen und Psychologischen bleibt absichtlich im Unklaren.

Storm hat in der Symbolsprache des „Schimmelreiter" die Grenzen des Realismus und seines Immanenzdenkens geöffnet, aber nicht verlassen. Die Novelle muß auch als Zeichen des dichterischen Ungenügens an dessen eingeschränkter Stilform verstanden werden. Der mißlungene Rahmen erweist, wie die Novelle über seine bisherige Formtypik hinausstrebte. Auch die rationalistisch-moralische Schlußbemerkung des schulmeisterlichen Innenerzählers, die mit dem Widerspruch von Heiligem und Nachtgespenst spielt und die Hauke auf „einen tüchtigen Kerl" reduzieren will, der die anderen „um Kopfeslänge überwachsen hat", fällt gegenüber der Innenhandlung, ihrer „Urgewalt der Verbindung von Menschentragik und wildem Naturereignis", ihrem „Dunklen und Schweren an Meeresgröße und -mystik" ins Leere. Diese Innenhandlung weist auf eine Irrationalität, die Storm mittels Vorstellungen der Volksmythik im Schweben zwischen Wahn und Wahrheit dargestellt hat. Die Volksmythik deutet auf übermenschliche Mächte im und jenseits des Innerweltlichen. Sie brachen schon in „Hans und Heinz Kirch" in der nächtlichen Todeserscheinung des Sohnes durch; in „Der Schimmelreiter" ist Storms imaginative Tiefensicht, sein dichterisches „zweites Gesicht" ganz zu sinnlich-atmosphärischer Bildgestaltung gekommen. Hauke Haien, vom Träumerischen zum Tathaften gewandelt, stellt die dynamische Steigerung jener spröden und besessenen Leidenschaftsnaturen dar, die Storms spätere Menschentypik durchziehen. In ihm lebt eine junge Generation, die in tatkräftiger Anspannung des Selbstwillens ins Maßlose drängt, die Enge des Veralteten sprengt, das Herkommen auflöst – bis zur Herausforderung des Schicksals, zum Umschlag des gerechten Tuns in das Gewalthafte. Es geht hier nicht um eine moralische Schuld, obwohl die Frage nach seiner Verantwortung, seinem Vergehen am besonnenen Maß anklingt, mehr um eine Existenzschuld, die im Unbedingten des Willens liegt, den zwar das objektive Werk rechtfertigt, der aber im subjektiv Ichhaften vermessen wird. Storm hat alles getan, um dies Geschick aus der Vielschichtigkeit und Relativität seines So-Sein-Müssens in dieser Umwelt verständlich zu machen; er hat mit großer Kunst der bei allem Detail verhaltenen Sprache des „Symptomatischen" die innere Motivation im Schwebend-Vieldeutigen gelassen. Dazu gehört das Aussparen der verbindenden Erzählglieder, einer psychologischen Verdeutlichung. Die Novelle wird vom Szenischen, Bildhaften, einer pseudodramatischen Vergegenwärtigung in Bild und Bewegung beherrscht. Die gleiche Stilform des Erzählaufbaus kehrt bei C. F. Meyer und Fontane wieder – als Ausdruck eines gesteigerten Objektivismus der Erzählführung. Storm hat den „Schimmelreiter" auf einem vielspurigen Verweben der Widersprüche aufgebaut, das keine einsinnige Auflösung zuläßt. Denn erst das Irrationale in Zufall, Schuld und Geschick macht die immanente Paradoxie, den tragischen Widerspruchscharakter des Lebens aus. Hauke Haiens Kampf um die Sicherungen von Land und Leben gegen die Elemente löst gerade deren zerstörerischen Einbruch aus. Sein Wille, sie zu beherrschen, gibt ihn ihnen preis. Der klare Rechner wird zum besessenen Träumer, der das Maß des Möglichen überfordert. Der Abkömmling kleiner Bauern arbeitet sich zum Herrn der Deichgemeinschaft empor, aber er wird von denen abhängig, die er als dumpfe Masse bekämpft und verachtet. Seine Leidenschaft zu Tat und Geltung ist das Zeichen einer Schwäche, die der Emporkömmling, der durch seine Frau zum Deichgrafen Beförderte, der Vater des blöden Kindes, fühlt. Er will die Ordnung, aber er löst das Chaotische aus. Er strebt nach Dauer, aber in seinem Haus und Kinde ist ein Verfall vorgekündigt. Er verdankt die Hälfte seiner Existenz seiner Frau und er reißt, indem er sich ihrer würdig zeigen will, sie und sein Kind in den Untergang. Gerade den kühnen Geist spinnt die Sphäre des Aberglaubens ein, in der sich Wahn und Wahrheit mischen. Er kann sich nicht aus ihr lösen. Im Willen, Herr zu sein, wird er zum Opfer seines Werkes. Es dient der Gemeinschaft, aber er braucht Gewalt gegen sie. An die Pflicht zum Ganzen hingegeben, ist er zu erstarrender Einsamkeit verurteilt. Sein Ermüden und Nachgeben, scheinbar ein sich mäßigendes Einlenken, wird zur Schuld, als die entscheidende Anstrengung gefordert wird. Er rettet die hilflose Kreatur vor der Opferung, aber er muß sich selbst, hilflos, mit dem Verlust von Weib und Kind der Seele seines Lebens beraubt, opfern: „Herr Gott, nimm mich; verschon die andern!" Das Heillose und das Recht verquicken sich bis zum letzten Augenblick. Der Herrgott bleibt über dieser Wirklichkeit fern: „Du weißt ja auch, der Allmächtige gibt den Menschen keine Antwort – vielleicht, weil wir sie nicht begreifen würden." In Hauke Haien verwirklichen sich Kraft, Trotz und Schwäche, die Lebensleidenschaft und Einsamkeit des auf sich gestellten Menschen. Es gehört zum Unheimlichen dieses Widerspruchs, daß der Schimmelreiter, der im Leben von der Dauer seines Namens träumte, nach seinem Tod als ein ruheloses Gespenst an seinen Deich gebannt ist, unerlöst an sein Schicksal gefesselt, so daß er zugleich in seinem Werk als Held, Retter und Schrecken des Volkes nachlebt. Noch der letzte Satz der Novelle nimmt diesen Widerspruch auf, wenn auch ins Stimmungshaft-Tröstliche getönt. Daß Storms Erzählwerk mit dieser Einsicht in die Ausgesetztheit des Menschen im radikalen Widerspruch schloß, prägt ein, welchen tragischen Aspekt seine Weltauslegung gewonnen hatte. Der Mensch, vergeblich kämpfend, groß in seiner Natur- und Seelenkraft, seinem Ehrgeiz zu Ehre und Werk, der das Heldische in das bürgerliche Arbeits- und Willensethos, in die Moralität des sozialen Dienstes und Opfers umsetzt, bleibt gleichwohl ohne Schutz und Trost, einsam und als Geopferter, dem rätselhaft Paradoxalen des Schicksals gegenüber. Das Meer, das die sichernden Dämme benagt und durchbricht, ist das Symbol jenes Verhängnishaften, das, im Menschen angelegt, aus dem Natürlichen und dem Übernatürlichen einbricht und zerstört, wie groß auch die Anspannung wird, es abzuwehren. Das Vernichtende, eine Macht aus dem Unfaßbaren, ist unaufhaltsam.

Fritz *Martini:* Deutsche Literatur im bürgerlichen Realismus. 1848–1898. Stuttgart 1962, S. 662 ff.

Geschichte der deutschen Literatur (DDR, 1975)

„Der Schimmelreiter"

In Storms letzter Novelle, „Der Schimmelreiter" (1888), ist der Konflikt zwischen der Schöpferkraft des Individuums und einer Gesellschaft, die seiner Entfaltung starre Schranken setzt, das tragende Element realistischer Darstellung und symbolischer Überhöhung. Das von den Apologeten reaktionär beantwortete „moderne" Problem des Verhältnisses von genialer Persönlichkeit und „Masse" wird hier am Modell eines sozial motivierten

Konflikts behandelt. Indem Storm auf die exponierte, starke und einsame Gestalt des Helden bürgerliche Tugenden der Aufstiegsperiode – kraftvolles Selbstbewußtsein, zielbewußte Energie und perspektivisches Denken – überträgt, „Tugenden", die inzwischen vom reichsdeutschen Bourgeois zur Produktion von Mehrwert eingesetzt worden waren, werden Selbstüberhebung und Machtmißbrauch des einzelnen ebenso verurteilt wie gesellschaftliche Rückständigkeit.

Auf die ungebärdige Gestalt des Deichgrafen Hauke Haien, der als gespenstischer Schimmelreiter im Aberglauben des Volkes weiterlebt, fällt ein beklemmendes Zwielicht. Dieser vom Kleinknecht zum Deichgrafen aufgestiegene, von der Idee eines wissenschaftlich gesicherten Deichbaues besessene Mann gerät in Widerspruch zur Dorfgemeinde, die von reichen Bauern beherrscht wird und der Kühnheit seiner Pläne mißtraut. Die Mißgunst des Dorfes erfüllt ihn mit wachsender Verbitterung. Für die reichen Hofbesitzer ist er ein Rivale, während die Armen den wachsenden Wohlstand des Deichgrafen (der durch den neuen Deich ein beträchtliches Stück Land erhält) mit Argwohn betrachten und zudem in Unwissenheit und Aberglauben befangen sind. Haien scheitert schließlich an dem Konservatismus seiner Umwelt, besonders am kurzsichtigen Besitzdenken der Bauern, die nicht bereit sind, für das Gemeinschaftswerk, das ihnen selbst zugute kommt, Mittel einzusetzen. Im Kampf mit den elementaren Naturmächten, die er als einzelner nicht zu bändigen vermag, geht Hauke Haien zugrunde. Die Sturmflut, die den Deich aufreißt, verschlingt auch Kind und Weib. Seine letzten Fragen bleiben „ohne Antwort: von ihr zu ihm, von ihm zu ihr waren die Worte all verloren; nur ein Brausen wie vom Weltuntergang erfüllte ihre Ohren".

Der Konflikt, den Haien auszutragen hat, erzeugt Haß auf beiden Seiten. Der Widerstand gegen das gemeinnützige Werk zwingt ihn, sich die Menschen zum Werkzeug zu machen und seinem Willen zu unterwerfen. Der Erzähler zeigt, wie die Unheimlichkeit dieses von seiner Idee besessenen Außenseiters die Dorfleute in abergläubische Furcht versetzt und wie in Haien zugleich bittere Menschenverachtung wächst, die sich vor allem gegen die herrschende Schicht im Dorf richtet, während ihn die Isolierung von den Deicharbeitern, den Besitzlosen (die dem Besitz erwerbenden Deichgrafen mißtrauen), betroffen macht. Die Persönlichkeit des Helden – im ersten Teil der umfänglichen Novelle nach dem Erzählprinzip eines Entwicklungsromans, im zweiten Teil in streng novellistischer, dramatisch sich steigernder Handlungsdichte vorgeführt – ist ganz aus diesem Zusammenprall mit der Dorfgemeinde motiviert. Die Bezüge zwischen Individuum und Gesellschaft sind so deutlich wie sonst in keinem der Werke

Storms erfaßt. Der nur seinem Werk verpflichtete Deichgraf wird in eine Isolierung gedrängt, die seine produktiven Kräfte nicht zur Entfaltung kommen und sein Vorhaben scheitern läßt.

Der Dichter verlagerte diese komplexe Problematik in die Vergangenheit der poetisch attraktiven nordfriesischen Küstenlandschaft. Damit unterliegt auch diese letzte Meisternovelle der Spezifik Stormscher Erzählkunst, deren poetische, stimmungsgeladene Bilder als Gegenentwürfe zur verdinglichten, kapitalisierten Umwelt den aktuellen, zeitbezogenen Realitätsgehalt nur verdeckt aufzunehmen vermögen. Die statische, jedes Risiko scheuende, veränderungsfeindliche Besitzideoloie der nordfriesischen Bauern bietet keine Parallele zur dynamischen, die Entwicklung der Produktivkräfte im Konkurrenzkampf forcierenden zeitgenössischen Bourgeoisie, die seit der Gründerzeit das Leben in Stadt und Land bestimmte: diese kapitalistischen Unternehmer vereinigten allerdings den Egoismus der Dorfaristokratie mit dem planenden, investitionsbereiten Veränderungswillen des Deichgrafen.

Die soziale Motivierung des Geschehens ist eingebettet in eine sagenumwobene, unheimliche Landschaft, die phantastischen Vorstellungen Raum gibt. Solches Nebeneinander von aufklärerischem Rationalismus und irrationalen Zügen wird jedoch durch die gedoppelte Rahmentechnik, die unterschiedliche Einstellung der beiden Erzähler, eines Schulmeisters und eines Ungenannten, die den Bezug von Vergangenheit zur Gegenwart rechtfertigt, voneinander abgehoben und dem Leser bewußt gemacht. Wenn auch das Unheimliche und Sagenhafte weitgehend die eigenartige, unverwechselbare Atmosphäre dieser Novelle mitbestimmt, so distanziert sich Storm doch von den in der Überlieferung mystifizierten Vorgängen und abergläubischen Elementen (die zudem die Funktion der Verunglimpfung des Emporkömmlings als eines Teufelsbündlers enthalten), ohne die Deutung des sich zur Vermessenheit steigernden Individuums als Ausgeliefertsein des Menschen an ein dämonisches Schicksal völlig aufzugeben.

Meisterhaft ist die Verbindung von Handlungsdramatik, Landschaftsstimmung und Beschreibung des Alltags der nordfriesischen Küste, aus der heraus die Menschen, ihre Arbeit, der Bau des „Hauke-Haien-Deiches“ als besondere Begebenheit und ihre Konflikte realistisch geschildert sind. Dabei bleiben Rationalität, kritischer Realitätsgehalt und Poetisierung der Wirklichkeit, humanistische Bewährung und deren Gefährdung (durch die durchschimmernde Heroisierung des großen einzelnen mit seinem Führungsanspruch) in künstlerischer Schwebe: Der Schimmelreiter – ein

Aberglauben und Unwissenheit bekämpfender, doch dem Volk entfremdeter Aufklärer – irrt als eine Sagengestalt, die gegensätzliche Werte, schuldhafte Verstrickung wie ethische Postulate in sich vereint, durch die Zeiten.

Geschichte der deutschen Literatur, Bd. 8.2, Berlin (Ost) 1975, S. 826 ff.

IV. Literatur zu Storm

a) Werke Storms

Ein vollständiges Verzeichnis der Schriften Storms:
Theodor Storm Bibliographie.
Bearbeitet von Hans-Erich *Teitge.* Berlin 1967.

Erstausgabe „Schimmelreiter“:

In: Deutsche Rundschau, 55. Jg. 1888, S. 1–34, 161–203.

Buchausgabe:

Der Schimmelreiter.
Berlin 1888.

Werkausgaben:
1. Sämtliche Schriften. .[Unter dem Titel: Gesammelte Schriften] Braunschweig 1889.
(Der Schimmelreiter: Bd. 19.)

2. Werke. Hrsg. v. Theodor *Hertel. 6 Bde. Leipzig 1919/20.*
(Meyers Klassiker Ausgaben.)
(Der Schimmelreiter: Bd. 4, 1919.)

3. *Sämtliche Werke in 8 Bänden. Hrsg. v. Albert Köster.* Leipzig 1919/20.
(Der Schimmelreiter: Bd. 7, 1920).

4. Werke. Nach der von Theodor Hertel besorgten Ausgabe neu bearbeitet und erg. von Fritz Böhme. In 9 Bdn. Leipzig [1936].
(Der Schimmelreiter: Bd. 7.)

5. Sämtliche Werke in zwei Bänden. Nach dem Text der ersten Gesamtausgabe 1886/89. Mit Anmerkungen und einer Zeittafel von Karl *Pörnbacher* sowie einem Nachwort von Johannes Klein. München 1951.
(Neue Auflage 1967. Auf Dünndruckpapier.)

6. Sämtliche Werke. Hrsg. v. Christian *Jenssen.* 2. Bde. Berlin 1955.
(Tempel Klassiker.)

7. Sämtliche Werke. Hrsg. v. Peter *Goldammer.* Berlin (Ost) 1956, 2. Aufl. 1967.
(Der Schimmelreiter: Bd. 4.)

8. Werke. Hrsg. u. eingel. v. Hermann *Engelhard.* 3 Bde. Stuttgart 1958.
(Cotta Klassiker.)

9. Gesammelte Werke. Hrsg. v. Hans A. *Neunzig. 6 Bde. München 1981.*
(Der Schimmelreiter: Bd. 6.)

Von Storms Novellen gibt es viele Einzel- und Sammelausgaben. Gut erläutert und hübsch aufgemacht ist „Der Schimmelreiter" in der Sammlung „Kleine HDV-Reihe" in der Husumer Druck- und Verlagsgesellschaft erschienen, in der auch Ernst Laages Storm-Biographie veröffentlicht wurde (vergl. unten).

Von diesem Ernst Laage, Leiter des Storm-Museums in Husum, stammt auch noch eine weitere empfehlenswerte Einzelausgabe des „Schimmelreiters" mit vielen Quellen und Materialien, die 1970 in der Westholsteinischen Verlagsanstalt Boyens & Co., Heide, erschienen ist.

Die Seitenangaben des Erläuterungstextes beziehen sich auf die Reclam-Ausgabe.
Theodor Storm: Der Schimmelreiter. Stuttgart 1963. (RUB 6012.)

Briefe Storms

Briefe Theodor Storms an Alfred *Biese.*
In: A. Biese: Theodor Storm. Zur Einführung in Welt und Herz des Dichters. Leipzig, 3., vermehrte u. verbesserte Aufl. 1921.

Briefwechsel zwischen Theodor Storm und Emil *Kuh.* Hrsg. von R. Kuh.
In: Westermanns Monatshefte 67. Jg. 1889–1890.

Theodor Storm: Briefe an Friedrich *Eggers*. Hrsg.v. H. W. Seidel. Berlin 1911.

Theodor Storm: Briefe in die Heimat (an die *Eltern*). Hrsg. v. Gertrud Storm. Berlin 1907.

Theodor Storm: Briefe an seine *Braut (Constanze)*. Hrsg. v. Gertrud Storm. Berlin 1915.

Theodor Storm: Briefe an seine *Frau (Constanze)*. Hrsg. v. Gertrud Storm. Braunschweig 1915.

Theodor Storm: Briefe an seine *Kinder*. Hrsg. v. Gertrud Storm. Braunschweig 1916.

Theodor Storm: Briefe an seine Freunde (*Brinkmann* und *Petersen*). Hrsg. v. Gertrud Storm. Braunschweig 1917.

Theodor Storm: Briefe an Albert *Nieß*. Hrsg. v. H. Mack.
In: Westermanns Monatshefte 81 Jg. 1936, S. 71–76.

Theodor Storm und K. Th. *Pyl*. Unbekannte Briefe. Hrsg. v. K. Gassen.
In: Pommersche Jahrbücher 33 Jg. 1939, S. 128–152.

Theodor Storm und Ferdinand *Tönnies*. Hrsg. v. H. Meyer.
In: Monatshefte für Deutschen Unterricht (Madinson/Wisconsin) 32. Jg. 1940, S. 355–380.

Theodor Storm: Briefe an *Dorothea* Jensen, seine zweite Frau, und Georg *Westermann*. Hrsg. v. E. Lüpke. Braunschweig 1942.

Blätter der Freundschaft. Aus dem Briefwechsel zwischen Theodor Storm und Ludwig *Pietsch*. Hrsg. v. V. Pauls. Heide 1943.

Storm als Erzieher. Seine Briefe an Ada *Christen*. Hrsg. v. O. Katann. Wien 1948.

Storm – *Fontane*. Briefe der Dichter und Erinnerungen von Fontane („Von Zwanzig bis Dreißig"). Hrsg. v. E. Gülzow-Reinbek 1948.

Theodor Storms Briefe an Klaus *Groth*. Hrsg. v. Chr. Jenssen.
In: Schriften der Theodor-Storm-Gesellschaft 4. Jg. 1955, S. 31–77.

Theodor Storms Briefwechsel mit Theodor *Mommsen*. Hrsg. v. H.-E. Teitge. Weimar 1966.

Der Briefwechsel zwischen Th. Storm und G. *Keller*. Hrsg. v. P. Goldammer. 2 Bde. Berlin (Ost) 1972.

Theodor Storm – Paul *Heyse*. Briefwechsel. Kritische Ausgabe v. Cl. A. Bernd. 3 Bde. Berlin Bd. I 1969; Bd. II 1970; Bd. III 1974.

Theodor Storm – Erich *Schmidt*. Briefwechsel. Kritische Ausgabe v. K. E. Laage. 2 Bde. Berlin Bd. I 1972; Bd. II 1976.

Theodor Storm – Eduard und Margarethe *Mörike*. Briefwechsel und Erinnerungen. Kritische Ausgabe v. H. u. W. Kohlschmidt. Berlin 1978.

Theodor Storm – Ernst *Esmarch*. Briefwechsel. Kritische Ausgabe v. T. Alt. Berlin 1979.

b) Storms Leben und Werk

Biese, Alfred: Theodor Storms Leben und Werk. Leipzig 1917. (3., vermehrte u. verbesserte Auflage 1921.)

Böttger, Fritz: Theodor Storm in seiner Zeit. Berlin 1958.

Goldammer, Peter: Theodor Storm. Eine Einführung in Leben und Werk. Leipzig ^{2}1974.

Laage, Karl Ernst: Theodor Storm. Leben und Werk. Husum 1979.

Storm, Gertrud: Theodor Storm. Ein Bild seines Lebens. 2 Bde. Berlin 1912/13.

Stuckert, Franz: Theodor Storm. Sein Leben und sein Werk. Bremen 1955.

Vinçon, Hartmut: Theodor Storm in Selbstzeugnissen und Bilddokumenten. Reinbek 1972. (Rowohlts Monographien 186.)

Vinçon, Hartmut: Theodor Storm. Stuttgart 1973. (Sammlung Metzler 122.)

c) Storm als Erzähler

Theodor Storm: [Eine zurückgezogene Vorrede aus dem Jahre 1881]. In: Sämtliche Werke in 8 Bdn. Hrsg. v. A. Köster, Bd. 8 (16.–19. Tausend.) Leipzig 1923, S. 122–123.

Deutsche Novellen des 19. Jahrhunderts. Interpretationen zu Theodor Storm und Gottfried Keller. Bearb. v. Heinrich Gaese u. a. Frankfurt/M. 1961.

Geschichte der deutschen Literatur. 8. Band, 2. Halbband.
Von 1830 bis zum Ausgang des 19. Jahrhunderts. Berlin (Ost) 1975.

Kayser, Wolfgang: Bürgerlichkeit und Stammestum in Theodor Storms Novellendichtung. Berlin 1938.

Klein, Johannes: Geschichte der deutschen Novelle von Goethe bis zur Gegenwart. Wiesbaden 1956.

Klein, Johannes: Theodor Storms Entwicklung als Novellist. In: Germanisch-romanische Monatsschrift 25. Jg. 1937, S. 15–34.

Lukács, Georg: Bürgerlichkeit und L'art pour l'art: Theodor Storm.
In: G. L.: Die Seele und die Formen. Essays. Neuwied 1971. (Sammlung Luchterhand 21.), S. 82–116.

Mann, Thomas: Einführung.
In: Theodor Storm. Novellen. Bd. I, Frankfurt/ M. 1953, S. V–XXIV.

Martini, Fritz: Die deutsche Literatur im bürgerlichen Realismus. 1848 bis 1898. Stuttgart 1962.

Schuster, Ingrid: Theodor Storm. Die zeitkritische Dimension seiner Novellen.
In: Studien zur Germanistik, Anglistik und Komparatistik. Bd. 12, Bonn 1971, S. 174–182.

Stuckert, Franz: Theodor Storms novellistische Form.
In: Germanisch-romanische Monatsschrift, 27. Jg. 1939, S. 24–39.

Wiese, Benno von: Novelle. Stuttgart 1963. (Sammlung Metzler 27.)

Zu „Der Schimmelreiter" speziell:

Burchard, Annemarie: Theodor Storms „Schimmelreiter". Ein Mythos im Werden.
In: Antaios 2. Jg. 1961, H. 5, S. 456–469.

Hermand, Jost: Hauke Haien. Kritik oder Ideal des gründerzeitlichen Übermenschen.
In: Wirkendes Wort 15. Jg. 1965, S. 40–50.
In: J. H.: Von Mainz nach Weimar, Stuttgart 1969, S. 250–268.

Hoppe, Karl: Der gespenstige Reiter. Eine unbekannte Quelle Storms.
In: Westermanns Monatshefte 1949, Nr. 5, S. 45–47.

Mansholt, Teiel: Das Urbild des Hauke Haien in Theodor Storms „Schimmelreiter".
In: Das literarische Echo 29. Jg. 1926/27, S. 496–497.

Laage, Karl Ernst: Der „Schimmelreiter" im „Danziger Dampfboot".
In: Schriften der Theodor-Storm-Gesellschaft 20. Jg. 1971, S. 72–75.

Wagner, Hans (Hrsg.): Theodor Storm. Der Schimmelreiter. Stuttgart 1976. (Erläuterungen und Dokumente.) (RUB 8133.)

Wittmann, Lothar: Theodor Storm. Der Schimmelreiter.
In: Deutsche Novellen des 19. Jahrhunderts, Frankfurt/M. 1961, S. 50–92.

Woeseler, Maria: Der Rahmen im „Schimmelreiter".
In: Zeitschrift für Deutschkunde 54. Jg. 1940, S. 205–207.

Zimorski, Walter: Der Schimmelreiter.
In: „Bausteine-Unterrichtssequenzen" Nr. 659. Hollfeld 1985. Bange Verlag.

Chemie

Th. Bokorny

Chemie-Gerüst

Wegweiser und Ratgeber für Schüler und Abiturienten.
13. neubearbeitete Auflage
128 Seiten

Bestell-Nr. 0674-2

Dieses kurze, in Tabellenform abgefaßte, Vademecum der Chemie soll kein Lehrbuch oder Lexikon sein, sondern die großen Linien und wissenswerten Teile der modernen Chemie übersichtlich klar und einprägsam veranschaulichen und in Erinnerung bringen.

Thomas Neubert

Chemische Formelsammlung 9.-10. Klasse

36 Seiten

Bestell.-Nr. 0685-8

Hier wurden die wesentlichen Formeln mit Ihren Anwendungsmöglichkeiten aufgezeichnet. Für den Schulunterricht und für häusliches Arbeiten ein wichtiges Hilfsmittel – echte Lernhilfe!

Deutsch

Bernd Matzkowski

Basisinterpretationen für den Literatur- und Deutschunterricht III

Untersuchungen und didaktische Hinweise zum Volksbuch Till Eulenspiegel.

Hinweise auf den Schelmenroman.

80 Seiten

Bestell-Nr. 0598-3

Sachanalyse - Ausgewählte Historien - Motivquerverbindungen zu Schelmenromanen des 16. und 17. Jahrhunderts - Vorschläge für die Behandlung im Unterricht u.a.

Bernd Matzkowski/Ernst Scott

Basisinterpretationen für den Literatur- und Deutschunterricht IV

36 moderne deutsche Kurzgeschichten mit Arbeitsfragen.

112 Seiten

Bestell-Nr. 0599-1

Interpretation der Kurzgeschichten **mit Arbeitsfragen** zu
ARBEITSTEXTE FÜR DEN UNTERRICHT (Reclam)
Deutsche Kurzgeschichten 11.-13. Schuljahr und Pratz/Tiel:
NEUE DEUTSCHE KURZGESCHICHTEN
(Deisterweg)

Karin Cohrs/Martin H. Ludwig

Basisinterpretationen für den Literatur- und Deutschunterricht V

Romane und Novellen des 19. Jahrh.

120 Seiten

Bestell-Nr. 0631-9

Aus dem Inhalt:
Einleitung, Politik und Kultur des 19. Jahrhunderts - Interpretationen ausgewählter Romane und Novellen.

Kurzbiographie des Dichters - Entstehung des Werkes - Inhalt - Charaktere - Situationen - Erschließung des Textes (stilistische Besonderheiten, literaturhistorischer Rahmen, gesellschaftliche und politische Bezüge usw.). Arbeitsfragen.
Hoffmann, Das Fräulein von Scuderi - Kleist, Das Erdbeben in Chili - Mörike, Maler Nolten - Gotthelf, Wie Uli der Knecht glücklich wird - Storm, Immensee - Droste-Hülshoff, Die Judenbuche - Raabe, Die Akten des Vogelgesangs - Fontane, Der Stechlin - Eichendorff, Aus dem Leben eines Taugenichts - Keller, Die drei gerechten Kammacher - Storm, Hans und Heinz Kirch - Raabe, Die schwarze Galeere - Fontane, Schach von Wuthenow - Hauptmann, Bahnwärter Thiel

Rüdiger Giese/Christian Floto

Basisinterpretationen für den Literatur- und Deutschunterricht VI

Romane und Novellen aus dem 20.Jahrhundert

112 Seiten

Bestell-Nr. 0473-1

Schnitzler, Leutnant Gustl - Mann, Tod in Venedig - Kafka, Die Verwandlung - Hesse, Der Steppenwolf - Kästner, Fabian - Mann, Mephisto - Zweig, Schachnovelle - Böll, Haus ohne Hüter - Wolf, Der geteilte Himmel - Kempowski, Tadellöser und Wolff

Bausteine - Deutsch

stellt detaillierte Unterrichtsstunden zur Behandlung unterschiedlichster Texte für die Sekundarstufen I und II vor.

Anordnung der Stunden als Sequenzen - Texte und Textanalysen - Didaktisch-methodische Arbeitshinweise - praktisch zu handhaben.

Angesprochen sind Lehrer und Lehramtsanwärter aller Schulformen.

Autoren sind: Praktiker - Ausbilder - Fachwissenschaftler aus allen Schulformen.

Bausteine Lyrik I

Spiel mit Sprache/Lyrischer Humor/Konkrete Poesie

Bestell-Nr. 0650-5

Bausteine Lyrik II

Balladen/Modernes Erzählgedicht/Chanson/Politische Lyrik/Thema- und Motivverwandtschaft.
Bestell-Nr. 0651-3

Gerhart Hauptmann: Die Weber
Bestell-Nr. 0652-1

Max Frisch: Homo Faber
Bestell-Nr. 0653-X

Theodor Storm: Pole Poppenspäler
Bestell-Nr. 0654-8

Albert Camus: Die Pest
Bestell-Nr. 0655-6

George Orwell: 1984/Animal Farm
Bestell-Nr. 0656-4

Thomas Mann: Tonio Kröger
Bestell-Nr. 0657-2

Goethe-Plenzdorf: Werther
Bestell-Nr. 0658-0

Theodor Storm: Schimmelreiter
Bestell-Nr. 0659-9

Gotth. E. Lessing: Nathan der Weise
Bestell-Nr. 0660-2

Fr. Dürrenmatt:
Der Richter und sein Henker
Bestell-Nr. 0661-0

Joh. W. von Goethe: Faust I/II
Bestell-Nr. 0662-9

Jos. v. Eichendorff: Taugenichts
Bestell-Nr. 0663-7

Hermann Hesse: Der Steppenwolf
Bestell-Nr. 0664-5

Franz Kafka: Kurze Prosaformen
Bestell-Nr. 0665-3

Joh. Wolfg. von Goethe:
Iphigenie auf Tauris
Bestell-Nr. 0666-1

Bert Brecht: Leben des Galilei
Bestell-Nr. 0667-X

Annette von Droste-Hülshoff:
Die Judenbuche
Bestell.-Nr. 0668-8

Dichtung in Theorie und Praxis

Texte für den Unterricht

Mit dieser Serie von Einzelheften legt der BANGE-VERLAG Längs- und Querschnitte durch Dichtungs-(Literatur) Gattungen für die Sekundarstufen vor.
Jeder Band ist - wie der Reihentitel bereits aussagt - in die Teile Theorie und Praxis gegliedert; darüber hinaus werden jeweils zahlreiche Texte geboten, die den Gliederungsstellen zugeordnet sind. Ein Teil Arbeitsanweisungen schließt sich an, der entweder Leitfragen für die einzelnen Abschnitte oder übergeordnete oder beides bringt.
Wir hoffen bei der Auswahl der Texte eine „ausgewogene Linie" eingehalten und die Bände für die Benutzer wirklich brauchbar gestaltet zu haben.

Bestell-Nr.

450 Die Lyrik
451 Die Ballade
452 Das Drama
453 Kriminalliteratur
454 Die Novelle
455 Der Roman
456 Kurzprosa
(Kurzgeschichte, Kalendergeschichte/ Skizze/Anekdote)
457 Die Fabel
458 Der Gebrauchstext
459 Das Hörspiel
460 Trivialliteratur
461 Die Parabel
462 Die politische Rede
463 Deutsche Lustspiele und Komödien

Weitere Bände in Vorbereitung

Egon Ecker

Wie interpretiere ich Novellen und Romane?

Methoden und Beispiele

180 Seiten - 3. veränderte Auflage

Bestell-Nr. 0686-6

Notizen zur Betrachtung eines dichterischen Textes - zur Technik der Interpretation.

Beispiele:
Keller, Drei gerechte Kammacher

Novellen:
Büchner, Lenz - Storm, Schimmelreiter - Andres, Die Vermummten

Romane:
Mann, Königl. Hoheit - Frisch, Homo Faber - Andres, Knabe im Brunnen - Andersch, Sansibar.
Zur Theorie der Novelle - Zur Theorie des Romans - Gliederungsvorschläge - Themenvorschläge - Literaturverzeichnis

Epochen deutscher Literatur

Kurzgefaßte Abhandlung für den Deutschunterricht an weiterführenden Schulen.

Bestell.-Nr. 0480
Die deutsche Romantik I
Frühromantik

Bestell.-Nr. 0481
Realismus des 19. u. 20. Jahrhunderts

Bestell.-Nr. 0482
Impressionismus und Expressionismus

Bestell.-Nr. 0483
Sturm und Drang

Bestell.-Nr. 0484
Die deutsche Romantik II
Spätromantik

Bestell.-Nr. 0485
Die Deutsche Klassik

Bestell.-Nr. 0486
Von der Aufklärung zum Sturm und Drang
Literaturgeschichtliche Querschnitte

Bestell.-Nr. 0487
Deutsche Dichtung des Barock

Textanalyse 1 Umgang mit fiktionalen (literarischen) Texten

152 Seiten

Bestell-Nr. 0641-6

Aus dem Inhalt:
I. Der Begriff des fiktionalen Textes: Das "Ästhetische" der Literatur - Betrachtungsweisen von Literatur - Literarische Wertung.

II. Probleme der Interpretation: Der Prozeß des "Verstehens" - Methoden der Literaturinterpretation - Arbeitstechniken (Textwiedergabe / Texterarbeitung / Texterörterung).

III. Beispiele für Interpretationen: Epische Texte - Dramatische Texte - Gedichte.
IV. Massenliteratur.

Textanalyse 2 Umgang mit nichtfiktionalen (Gebrauchs-)Texten

144 Seiten

Bestell-Nr. 0642-4

Aus dem Inhalt:
I. Der Textbegriff.
II. Eine Typologie von Gebrauchstexten.
III. Bedingungen der Textanalyse.
IV. Methoden der Textanalyse: Textwiedergabe - Textbeschreibung - Texterörterung.
V. Beispiele für Textanalysen: Darstellende Texte (Sachtexte/Wissenschaftliche Texte) - Werbende Texte (Werbetexte/Politische Reden) - Gesetzestexte.

Robert Hippe

Umgang mit Literatur

2. Auflage, 116 Seiten

Bestell-Nr. 0564-9

Definition von Literatur - Grundformen von Literatur - Merkmale der Lyrik - Merkmale der Epik - Merkmale der Dramatik - Formprobleme der Literatur - Aufbauprobleme in der Literatur - Arten der Interpretation - Was ist Interpretation - Literatur und Wirklichkeit u.v.a.

Robert Hippe

Sprach- und Textbetrachtung

132 Seiten

Bestell-Nr. 0569-X

Sprachbetrachtung

Historisch - Theorien über die Entstehung der Sprache(n) - Die indogermanische (idg.) Sprachfamilie - Die geschichtliche Entwicklung des Hochdeutschen - Lehn- und Fremdwörter - Sprachrätsel und Sprachspiele - Auswahl-Bibliographie.
Systematisch - Grammatik - die traditionelle Grammatik - Die generative Transformationsgrammatik - Die strukturelle Grammatik.

Textbetrachtung

Allgemeines - Definition von Text - Textsorten - Beispiele - Übungen - Auflösung der Rätsel.

Robert Hippe

Kurzgefaßte deutsche Grammatik und Zeichensetzung

9. Auflage, 72 Seiten

Bestell-Nr. 0515-0

Ein Abriß der deutschen Grammatik systematisch und fundamental dargeboten; beginnend mit den Wortarten, Betrachtung der Satzteile und Nebensätze bis zu den Satzzeichen, Beispiele durchsetzen das Ganze und Lösungen sollen Fehler auffinden helfen. Ein nützliches, in Tausenden von Exemplaren bewährtes, Übungs- und Nachhilfebuch.

Robert Hippe

Interpretationen zu 62 ausgewählten motivgleichen Gedichten

mit vollständigen Gedichtstexten
7. Auflage, 120 Seiten

Bestell-Nr. 0587-7

Der Verfasser hat die wiedergegebenen Interpretationen und Auslegungen in langen Gesprächen und Diskussionen mit Oberprimanern erarbeitet. Die hier angebotenen Deutungsversuche erheben keinen Anspruch auf die einzig möglichen oder richtigen, sondern sollen Ausgangspunkte für Weiterentwicklungen und Erarbeitungen sein.
Aus dem Inhalt: Themen wie Frühling - Herbst - Abend und Nacht - Brunnen - Liebe - Tod - Dichtung u.v.a.

Robert Hippe

Interpretationen zu 50 modernen Gedichten

mit vollständigen Gedichtstexten
5. Auflage, 136 Seiten

Bestell-Nr. 0597-5

Der vorliegende Band verspricht Interpretationshilfe und Deutungsversuche - in unterschiedlicher Dichte und Ausführlichkeit - für 50 moderne Gedichte. Materialien und Auswahlbibliographie geben den Interessenten Hilfen für den Deutsch- und Literaturunterricht. Für den Lehrer eine echte Bereicherung zur Vorbereitung des Unterrichts.

Aus dem Inhalt: Lasker-Schüler - Hesse - Carossa - Benn - Britting - Brecht - Eich - Kaschnitz - Huchel - Kästner - Bachmann - Piontek - Celan - Härtling - Reinig - Grass - Enzensberger u.v.a.

Robert Hippe

Kurzgefaßte deutsche Rechtschreiblehre

64 Seiten

Bestell-Nr. 0545-2

Im ersten Teil dieses Buches findet man die wichtigsten Regeln der deutschen Rechtschreibung.

Der zweite Teil besteht aus 36 Übungstexten zu diesen Regeln zum Erlernen, Einprägen und Wiederholen. Die Lösungen am Schluß des Bandes dienen zur Kontrolle.

Interpretationen motivgleicher Gedichte in Themengruppen

mit vollständigen Gedichtstexten

Band 1:
Edgar Neis

Der Mond in der deutschen Lyrik

2. Auflage, 80 Seiten

Bestell-Nr. 0620-3

Arp - Bischoff - Borchert - Boretto - Britting - Brokkes - Bürger - Claudius - Däubler - Droste-Hülshoff - Geibel - Gleim - Goethe - Härtling - Heine - Holz - Klopstock - Krähenbühl - Krolow - Lange - Lehmann - Leonhard - Lichtenstein - zur Linde - Maurer - Morgenstern - Rasche - Rühmkorf - v. Stollberg - Trakl - v.d. Vring - Werfel - Wiens.

Band 2:

Edgar Neis

Politisch-soziale Zeitgedichte

3. Auflage, 112 Seiten

Bestell-Nr. 0621-1

Bachmann - Biermann - Brecht - Bürger - Celan - Dehmel - Domin - Enzensberger - Le Fort - Freiligrath - Gryphius - Hädecke - Hagelstange - Heine - Herwegh - Keller - Kerr - Logau - Marti - Platen - Sabias - Salis - Schenkendorf - Schiller - Schreiber - Schubart - Tucholsky - W.v.d. Vogelweide - Weitbrecht - Wildenbruch.

Band 3:

Edgar Neis

Der Krieg im deutschen Gedicht

3. Auflage, 112 Seiten

Bestell-Nr. 0622-X

Bender - Benn - Biermann - Binding - Brambach - Brecht - Claudius - Dehmel - Eich - Flex - Le Fort - Fried - Gleim - Goethe - Hakel - Heise - Heym - Hölderlin - Höllerer - Huchel - Jahn - Jean Paul - Kaschnitz - Kästner - Körner - Leib - Lersch - Leonhard - Liliencron - Logau - Menzel - Mosen- Mühsam - Münchhausen - Neumann - Nick - W. Paul - Sachs - Schiller - Schnurre - Schuhmann - Stramm - Toller - Toussel - Trakl - Tumler - Vogel - Wiechert.

Band 5:

Robert Hippe

Der Tod im deutschen Gedicht

2. Auflage, 80 Seiten

Bestell-Nr. 0624-6

Bächler - Benn - Brecht - Celan - Claudius - Droste-Hülshoff - Eich - Goethe - Gryphius - Hesse - Heym - Hofmannsthal - Hofmannswaldau - Höllerer - Kaltneker - Keller - Klopstock - C.F. Meyer - Mörike - Nick - Nietzsche - Novalis - Rilke - Schiller - Storm - Stramm - Trakl - Uhland.

Band 6:

Robert Hippe

Die Jahreszeiten im deutschen Gedicht

2. Auflage, 80 Seiten

Bestell-Nr. 0625-4

Benn - Britting - Claudius - George - Gerhardt - Goes - Goethe - Hagedorn - Heine - Hebbel - Hesse - Hofmannsthal - Hölderlin - Hölty - Huchel - Lenau - Logau - C.F. Meyer - Mörike - Rilke - Stadler - Storm - Trakl - Uhland - W.v.d. Vogelweide.

Band 7:

Robert Hippe

Deutsche politische Gedichte

2. Auflage 68 Seiten

Bestell-Nr. 0626-2

Baumann - Biermann - Becher - Below - Brecht - Delius - Enzensberger - Fried - Fürnberg - Gomringer - Grass - Heine - Hoffmann v. Fallersleben - Holzapfel - Karsunke - Kunert - Luckhardt - Morawietz - Pottier - Radin - v. Saar - Scherchen - Schneckenburger - U. Schmidt - Schuhmann- Vesper - Walraff - Weinheber - Wessel - Zimmerling.

Band 8:

Edgar Neis

Die Welt der Arbeit im deutschen Gedicht

100 Seiten

Bestell-Nr. 0627-0

Barthel - Bartock - Billinger - Brambach - Bröger - Chamisso - Dehmel - Dortu - Engelke - Freiligrath - Grisar - Heine - Herwegh - Jünger - Krille - Lersch - Lessen - Naumann - Petzold - Pfau - Piontek - Rilke - Schreiber - Seidel - Weerth - Weinheber - Wieprecht - Winckler - Zech.

Band 9:

Edgar Neis

Deutsche Tiergedichte

136 Seiten

Bestell-Nr. 0628-9

Barth - Bergengruen - Billinger - Boretto - Brecht - Britting - Busch - Claes - Dauthendey - Dehmel - Domin - Droste-Hülshoff - Eggebrecht - Eich - Freiligrath - Gellert - Gleim - Goethe - Grillparzer - Groth - Härtling - Hagedorn - Haushofer - Hausmann - Hebbel - Heine - Hesse - Huchel - F.G. Jünger - W. Lehmann - Liliencron - A.G. Kästner - Keller - Kolmar - Krolow - C.F. Meyer - Morgenstern - Pfeffel - Piontek - Rilke - Ringelnatz - Eugen Roth - N. Sachs - Schaefer - Trakl - Vring - Weinheber - Wiedner - Zachariae - Zuckmayer.

Interpretationen zeitgenössischer deutscher Kurzgeschichten

Karl Brinkmann

4. Auflage, 80 Seiten

Bestell-Nr. 0602-5

Band 3: Aichinger, Plakat - Alverdes, Die dritte Kerze - Böll, Damals in Odessa / Mann mit den Messern / Lohengrins Tod / Wanderer kommst du nach Spa ... - Borchert, Die lange, lange Straße lang / Generation ohne Abschied / Lesebuchgeschichten - Eisenreich, Ein Augenblick der Liebe - Gaiser, Brand im Weinberg / Du sollst nicht stehlen - Langgässer, Die zweite Dido / Glück haben - Lenz, Jäger des Spottes - Schnurre, Die Tat - Spang, Seine große Chance - Spervogel, Hechtkönig - Wiechert, Hauptmann v. Kapernaum / Hirtenknabe.

Martin Pfeifer

4. Auflage, 84 Seiten

Bestell-Nr. 0603-3

Band 4: Aichinger, Hauslehrer / Nichts und das Boot - Bender, Die Wölfe kommen zurück - Böll, Über die Brücke / Es wird etwas geschehen - Brecht, Mantel des Ketzers - Britting, Brudermord im Altwasser - Eich, Züge im Nebel - Ernst, Das zweite Gesicht - Fallada, Lieber Hoppepoppel - Franck, Taliter - Hesse, Beichtvater / Bettler - Johnson, Jonas zum Beispiel - Kusenberg, Eine ernste Geschichte - Langgässer, Saisonbeginn - Le Fort, Frau des Pilatus - Meckauer, Bergschmiede - Pohl, Yannis letzter Schwur - Rinser, David - Schäfer, Hirtenknabe - Schallück, Der Tod hat Verspätung - v. Scholz, Das Inwendige - Walser, Ein schöner Sieg - Weisenborn, Aussage.

Edgar Neis

3. Auflage, 56 Seiten

Bestell-Nr. 0604-1

Band 5: Borges, Das geheime Wunder - Calderón, Invasion - Callaghan, ein sauberes Hemd - Campos, Solidarität - Carson, Ein Mädchen aus Barcelona - Hemingway, Die Killer - Huxley, Schminke - Joyce, Eveline - Katajew, Die Messer - Mansfield, Für sechs Pence Erziehung - Manzoni, Die Repräsentiertasse - Olescha, Aldebaran - Saroyan, Vom Onkel des Barbiers, dem von einem Zirkustiger der Kopf abgebissen wurde - Sartre, Die Mauer - Timmermans, Die Maske.

Rudolf Kanzler

64 Seiten

Bestell-Nr. 0606-8

Band 7: Aichinger, Die Silbermünze - Altendorf, Der Knecht Persenning - Andersch, Ein Auftrag für Lord Glouster - Bauer, Hole deinen Bruder an den Tisch - Britting, Der Gang durchs Gewitter - Dörfler, Der Kriegsblinde - Hesse, Das Nachtpfauenauge - Hildesheimer, Der Urlaub - Kaschnitz, Gespenster - Lenz, Die Nacht im Hotel - Th. Mann, Das Eisenbahnunglück - Noack, Die Wand - Ohrtmann, Der Sched ist wieder da - Rinser, Der fremde Knabe - Schallück, Unser Eduard - Wiechert, Mein erster Adler.

Wolfgang Kopplin

Kontrapunkte

160 Seiten

Bestell-Nr. 0547-9

Kontroversinterpretationen zur modernen deutschsprachigen Kurzprosa.
Prosatexte, zwischen 1963 und 1975 entstanden, dienen dem Autor dazu, die dialektische Methode des Pro und Kontra als Interpretationsansatz anzuwenden. Dem Primärtext schließen sich jeweils die Kontroversinterpretationen an. Ein Buch, welches Anregungen zum Verstehen und zur Entschlüsselung von Texten gibt.
Inhalt: Texte von Artmann - Bichsel - Dellin - Gerz - Gregor - Kunert - Reinig - Schnurre u.a. werden in einer Pro- und Kontra-Interpretation vorgestellt.

Albert Lehmann

Erörterungen

Gliederungen und Materialien
Methoden und Beispiele

5. verb. Auflage, 184 Seiten

Bestell-Nr. 0692-0

Die vorliegende Sammlung von 58 Gliederungen, die durch Erläuterungen - vornehmlich Beispiele - zu den einzelnen Gliederungspunkten erweitert sind, sollen die Wiederholung des Jahresstoffes erleichtern.
Stoffkreisthemen: Natur - Tourismus - Technik - Freizeit - Arbeit/Beruf - Konflikte zwischen den Generationen - Drogen - Kinder und Familie - Die Stellung der Frau in der Gesellschaft - Sport - Massenmedien und viele Einzelthemen.

Für Lehrer ein unentbehrliches Nachschlage- und Vorbereitungsbuch.

Birgit Lermen /
Matthias Loewen

Trickfilm als didaktische Aufgabe

Band 1: Sekundarstufe I
232 Seiten - Fotos
Bestell-Nr. 0618-1

Band 2: Sekundarstufe II
Bestell-Nr. 0619-X
216 Seiten - Fotos

Die Untersuchung über den Trickfilm als didaktische Aufgabe trägt der unterschiedlichen Ausgangslage in den beiden Stufen des Sekundarunterrichts Rechnung durch die Aufteilung in zwei Bände.

Band 1 stellt sich gezielt auf die Bedürfnisse und Erwartungen der Sekundarstufe I ein. Aus der Eigenart des Mediums Trickfilm wird ein Analyse-Instrumentarium entwickelt, dessen Brauchbarkeit an 13 Filmen unterschiedlicher Herkunft erprobt wird. Auf der damit geschaffenen Grundlage wird ein didaktisch-methodisches Konzept erstellt.

Band 2 orientiert sich an den Bedürfnissen der Sekundarstufe II. Eine semiotische Einführung erweitert und vertieft die in Band I erstellte Grundlage. Im Mittelpunkt stehen wieder die Einzelanalysen, deren Zahl des größeren Umfangs wegen auf zwölf reduziert ist.
Wie in Band I soll beides - Analysen und Einführung - als Basis dienen für didaktische Fragestellungen und Entscheidungen.
Die Auswahl der Filme wurde in beiden Bänden bestimmt durch:

a) das Ausleihangebot der Stadt- und Kreisbildstellen in der Bundesrepublik,
b) die ästhetische Qualität,
c) die thematische Relevanz,
d) die didaktische Potenz.

Martin H. Ludwig

Das Referat

Kurze Anleitung zu einer Erarbeitung und Abfassung für Schüler und Studenten.

3. Auflage

Bestell-Nr. 0646-7

Planen und Sammeln - Bibliographieren - Schreiben und Zitieren - Lesen und Notieren - Auswerten und Gliedern - Der Text - Der Vortrag.

Martin H. Ludwig

Praktische Rhetorik

Reden - Argumentieren - Erfolgreich verhandeln

3. Auflage

Grafiken - 136 Seiten

Bestell.-Nr. 0688-2

Praktische Rhetorik ist ein Übungsfeld für jedermann! Ob bei der Sammlung von Gedanken, bei der Konzentration der Argumente, bei der Gestaltung einer Rede, in der Rücksichtnahme auf den Verhandlungspartner, bei der Vorsicht vor „gefährlichen" Redewendungen.

Aus dem Inhalt: Formale Rhetorik - Dekorative Rhetorik - Verwendung von Argumenten in der Verhandlung - Psychologie in der Verhandlung - Einzelne Techniken zur Durchsetzung von Anliegen - Positive Verhandlungstechniken - Wie wehre ich mich gegen ...? - Typische Verhandlungssituation - Wann sind welche Techniken angebracht?

Martin H. Ludwig/
Eckhard Ostertag

Lernen - Qual oder Zufall?

Vademecum der Lernarbeit
160 Seiten

Bestell-Nr. 063-4

Dieses Buch ist für solche Menschen geschrieben, die aus eigenem Antrieb lernen möchten, die eine Hilfe und Anleitung für ein leichteres und effektiveres Lernen gebrauchen können.

Aus dem Inhalt: – Warum Lernen lernen? – Wer lernt was warum? – Unter welchen Voraussetzungen lernen wir? – Wie lernen? – Wie lange lernen? – Wieviel lernen? – Wann lernen? – Wie oft lernen? – Womit lernen? – Wo lernen? – Lernen - ein Abenteuer mit sich und mit anderen – Wie das Gelernte festigen? Das eigene Mehrkanalprogramm – Lernen macht Spaß! – Checklisten und Übersichten

Methoden und Beispiele der Kurzgeschichten-Interpretation

4. Auflage, 114 Seiten

Bestell-Nr. 0691-2

Herausgegeben und erstellt von einem Arbeitskreis der Pädagog. Akademie Zams.

Methoden: Werkimmanente, existenzialistische, grammatische, stilistische, strukturelle, kommunikative, soziologische, geistesgeschichtliche, historisch/biographisch/symbolistische Methode.

Beispiele: Eisenreich - Cortázar - Dürrenmatt - Brecht - Horvath - Bichsel - Kaschnitz - Lenz - Weißenborn - Rinser - Borchert - Nöstlinger - Wölfel - Langgässer.

An Beispielen ausgewählter Kurzgeschichten werden die einzelnen Methoden der Interpretation demonstriert und erläutert. Information und Nachschlagewerk für den Unterricht in den Sekundarstufen.

Edgar Neis

Das neue große Aufsatzbuch

-Methoden und Beispiele des Aufsatzunterrichts für die Sekundarstufen I und II -

212 Seiten - 5. erweiterte Auflage

Bestell-Nr. 0636-X

Inhalt:
Zur Technik des Aufsatzschreibens - Stoffsammlung und Disposition - Wie schreibe ich eine Charakteristik? - Wie schreibe ich eine Erörterung? - Der dialektische Besinnungsaufsatz - Themen und Aufsätze zu Problemen unserer Zeit - Aufsätze zur Literatur - Wege der Texterschließung - Interpretationshinweise - Fachbegriffe der Aufsatzlehre (Lexikon der Terminologien) - Vorschläge für Aufsatzthemen - Themenkatalog für das Ende des 20. Jahrhunderts - Literaturnachweis.
Dieses Buch richtet sich an Lehrer und Schüler von Haupt-, Real- und Oberschulen (Gymnasien).
Breit einsetzbar in Grund- und Leistungskursen.

Edgar Neis

Deutsche Diktatstoffe -Unterstufe-

3. bis 7. Jahrgangsstufe
6. verbesserte Auflage, 64 Seiten

Bestell-Nr. 0524-X

Edgar Neis

Moderne deutsche Diktatstoffe

-Sekundarstufe I-

5.-10. Jahrgangstufe

3. Auflage, 118 Seiten

Bestell-Nr. 0693-9

Beide Bände sollen der Einübung und Wiederholung der Rechtschreibung und Zeichensetzung dienen. Jeder Band gliedert sich in zwei Teile, einen systematischen Teil, der zielbewußter Einübung von Wörtern, deren Schreibung Schwierigkeiten bereitet, dient und einen allgemeinen Teil. Dieser bringt zusammenhängende Diktatstoffe aus dem deutschen Schrifttum. Die Namen der Verfasser bürgen für die Stilhöhe der einzelnen Texte.

Edgar Neis

Interpretationen von 66 Balladen, Erzählgedichten und Moritaten

Analysen und Kommentare
6. Auflage, 176 Seiten

Bestell-Nr. 0590-8

Balladen des 18., 19. und 20. Jahrhunderts werden in diesem für Lehrer, Studenten und Schüler bestimmten Band ausführlich interpretiert und durch Erklärungen Verständnis für diese Art Dichtung geweckt. Eine unentbehrliche Hilfe für den Deutsch- und Literaturunterricht.

Aus dem Inhalt: Bürger - Herder - Goethe - Schiller - Uhland - Eichendorff - Heine - Droste-Hülshoff- Miegel - Brecht - Huchel - Celan - Chr. Reinig - Kunert u.v.a.

Edgar Neis

Interpretationen motivgleicher Werke der Weltliteratur

2. Auflage, je 144 Seiten

Dramatische, epische und lyrische Gestaltung der bekanntesten Stoffe der Weltliteratur werden mit knappen Inhaltsangaben vorgestellt und miteinander vergleichend interpretiert.

Band 1:
Mythische Gestalten **Bestell-Nr. 0548-7**

Alkestis - Antigone - Die Atriden (Elektra / Orest) - Iphigenie - Medea - Phädra

Band 2:
Historische Gestalten **Bestell-Nr. 0549-5**

Julius Caesar - Coriolan - Der arme Heinrich - Die Nibelungen - Romeo und Julia - Jeanne d'Arc / Die Jungfrau v. Orleans - Johann Joachim Winckelmann

Edgar Neis

Verbessere Deinen Stil

3. Auflage, 120 Seiten

Bestell-Nr. 0539-8

Der Autor versucht im vorliegenden Band vom grundlegenden Schema über Wortwahl und Satzgestaltung den Interessierten zu einer guten Ausdrucksform zu führen. Stil ist erlernbar, deshalb wurden im 2. Teil viele künstlerisch gestaltete, stilvolle Beispiele wiedergegeben.

Edgar Neis

Wie interpretiere ich ein Drama?

Methoden und Beispiele
3. Auflage - 224 Seiten

Bestell-Nr. 0633-8

Erstbegegnungen mit dramatischen Formen - Methode des Interpretierens - Wege zur Erschließung und Analyse eines Dramas.

Arbeit im Detail: Titel, Personen, Handlung, Aufbau, Sprache, Realisation, Bühnengestaltung, Regieanweisungen, sozio-kulturelle und historische Einordnung usw.

Modellinterpretationen - Zur Theorie des Dramas - Literaturverzeichnis.

Interessenten: Lehrer und Schüler aller Schulgattungen.

Edgar Neis

Wie interpretiere ich Gedichte und Kurzgeschichten?

15. Auflage, 208 Seiten

Bestell-Nr. 0584-3

Ein "Grundkurs", die Kunst der Interpretation zu erlernen und zu verstehen. Die tabellarischen Leitlinien führen den Benutzer des Buches zum Verständnis für diese Gattung der Poesie. Anhand von zahlreichen durchgeführten Interpretationen ist dieses Buch ein unentbehrliches Hilfsmittel für Schüler und Lehrer.

Eckhard Ostertag

Berufswahl - leichtgemacht

Der Fahrplan für eine systematische Berufsentscheidung
Grafiken – 112 Seiten

Bestell-Nr. 054-5

Was soll ich werden? – Welcher Beruf hat Zukunft? – Was kommt nach der Schule? – Wer hilft mir bei der Berufswahl? – Was kann ich tun, um nicht arbeitslos zu werden? – Wie bewerbe ich mich richtig? – Wie erhalte ich eine Lehrstelle? – Wie komme ich an einen Studienplatz?

Viele Fragen, Fragen, die heute oft nicht leicht zu beantworten sind. Existenzielle Fragen aber für alle jungen Menschen, die in einer Zeit des wirtschaftlichen und technologischen Umbruchs sich für einen Beruf entscheiden müssen.

Das vorliegende Buch will für alle Berufssuchende und deren Berater eine praktische Lebenshilfe geben. Es wird ein Fahrplan vorgelegt, der die vielfältigen Stationen des Berufswahlverlaufs übersichtlich und systematisch aufzeigt.

Reiner Poppe

Aufsätze im Deutschunterricht

für das 5.–10. Schuljahr

Themen - Techniken - Beispiele

120 Seiten

Bestell-Nr. 0464-2

Das Aufsatzbuch ist für Schüler und Schülerinnen der Sekundarstufe I verfaßt. Es setzt Materialien und Techniken, Beispiele und vermittelnde Information ein, um den Schüler zum Verfassen eigener Texte **methodisch** anzuleiten. Die im Kapitel 4 vorgetragenen Beispiele erfassen in **kommunikativen Anwendungssituationen** die wichtigsten Textsorten:
Erzählbericht - Bericht - Beschreibung - Erörterung - (dialektischer) Besinnungsaufsatz - Interpretation. Der Schwerpunkt liegt dabei auf **alltagsrelevanten, pragmatischen Varianten** dieser Grundformen (Brief, Klappentext, Bedienungsanleitung, Sachtext, Inhaltsskizze, Leserbrief etc.)

Gliederung: Aufsatzformen nach Jahrgangsstufen geordnet/'richtlinienkonform' - Themen zum Üben - Techniken-Hilfsmittel, Beispiele (exemplarisch) - Glossar - Literaturhinweise.

Klaus Sczyrba

50 Kurzdiktate

für das 4. - 7. Schuljahr
mit 250 Übungsmöglichkeiten

2. Auflage, 116 Seiten + Lösungsheft

Bestell.-Nr. 0477-4

Der bekannte Autor Klaus Sczyrba bringt wieder eigene Diktate für rechtschreibschwache Schüler und Schülerinnen zum häuslichen Arbeiten.

Für die Hand des Lehrers als Kurztest-Übungen im Unterricht bestens geeignet. Der Autor hat selbst im Unterricht erfolgreich damit gearbeitet.

Klaus Sczyrba

Komm, wir schreiben!

Rechtschreibübungsheft für das 2. und 3. Schuljahr

Format: DIN A4 - 40 farbige Illustrationen
3. Auflage - 36 Seiten

Bestell-Nr. 0614-9

Freude ist der Motor zum Erfolg. Nach diesem Grundsatz will der Autor den Kindern durch die lustbetonte, sehr abwechslungsreiche Art dieses Heftes den Weg zu Rechtschreibsicherung leicht machen. In frohem Tun werden fast unauffällig fundamentale Kenntnisse der Rechtschreibung angeeignet, ohne daß die Kinder dabei den Eindruck des Übens haben.

Klaus Sczyrba

Komm, wir schreiben!

Rechtschreibübungsheft für das 3. und 4. Schuljahr

Format: DIN A4 - 60 farbige Illustrationen
2. Auflage – 60 Seiten

Bestell-Nr. 0616-5

Alle Übungen für die Kinder des 3. und 4. Schuljahres sind so angelegt, daß sie mit Freude durchgeführt werden. Sie enthalten kurzweilige Aufgaben, Reime und Rätsel. Die Richtigkeit der Lösungen kann leicht selbst überprüft werden.
Üben ist für Kinder oft freudlos und langweilig. Bei diesem Heft spüren sie aber nicht, daß "nur geübt" wird. In froher, zielstrebiger Arbeit wird fast unbewußt die Rechtschreibfertigkeit gesteigert.

Klaus Sczyrba

Komm, wir schreiben!

Rechtschreibübungsheft für das 4. und 5. Schuljahr

60 Seiten – Illustrationen

Bestell-Nr. 0479-0

Nachdem die beiden vorangegangenen Übungshefte 'Komm, wir schreiben!', einen so guten Anklang gefunden haben, folgt nun eins für die 4. und 5. Klasse. Es überbrückt den oft schwierigen Übergang von der Grundschule zu den weiterführenden Schulen im Bereich des Schreibens. Abwechslungsreiche, kurzweilige Übungen, die der Altersstufe angepaßt sind, lassen die Rechtschreibklippen überwinden und führen zur Schreibsicherheit.
Lösungen zur Selbstkontrolle sind angefügt.
Breit einsetzbar im Unterricht.

Klaus Sczyrba

Lebensnahe Diktate

für die Grundschule mit angeliederten Übungsmöglichkeiten für das **2. bis 4 Schuljahr**
4. Auflage - 152 Seiten + Lösungsheft

Bestell-Nr. 0610-6

Dieses Übungsbuch ist aus der Erfahrung langjähriger Schularbeit entstanden und soll den Kindern vom 2. bis 4. Schuljahr helfen, ihre Rechtschreibleistungen zu verbessern.
Dazu werden 150 Diktate geboten, die in Ausmaß und Schwierigkeitsgrad dem Alter der Kinder entsprechen.
Zur vertiefenden Behandlung aller Rechtschreibbereiche sind jedem Diktat eine Reihe Übungsmöglichkeiten beigefügt.

Klaus Sczyrba

Wege zum guten Aufsatz für das 5.-10. Schuljahr

176 Seiten

Bestell-Nr. 0472-3

Dieses ganz auf die Schulpraxis bezogene Büchlein bietet Hilfen und Anregungen für das Schreiben von Nacherzählungen, Erlebnisaufsätzen, Phantasiegeschichten, Beschreibungen, Schilderungen und Berichten. Außerdem enthält es Übungen zur Grammatik, zur Rechtschreibung und Ausdrucksverbesserung.

Ein weiteres Buch von unserem Erfolgsautor Klaus Sczyrba.

Klaus Sczyrba

Wege zum guten Aufsatz für das 3. und 4. Schuljahr

ca. 144 Seiten – Illustrationen – Format DIN A 5

Bestell-Nr. 0690-4

Da bereits in der Grundschule die Fundamente für die Aufsatzerziehung gelegt werden, kommt diesem Buch eine besondere Bedeutung zu. Es will helfen, die bei vielen Kindern bestehende Abneigung gegen das Schreiben von Aufsätzen zu überwinden und zu einem guten schriftlichen Ausdruck hinzuführen.

Klaus Sczyrba

Neue lebensnahe Diktate

mit zahlreichen Übungsmöglichkeiten für das **2. bis 10. Schuljahr**

2. Auflage - 312 Seiten

Bestell-Nr. 0611-4

Wie in den früheren Ausgaben diese Buches werden hier wieder über 200 Diktate geboten, die in Ausmaß und Schwierigkeitsgrad dem Alter des Kindes entsprechen.

Klaus Sczyrba

Lebensnahe Dikate

mit zahlreichen Übungsmöglicheiten für das **5. bis 7. Schuljahr** + Lösungsheft

4. Auflage - 240 Seiten

Bestell-Nr. 0613-0

In diesem Übungsbuch werden 150 Diktate geboten, die Kindern des 5. bis 7. Schuljahres helfen sollen, ihre Rechtschreibkenntnisse zu verbessern.
Zur vertiefenden Behandlung aller Rechtschreibbereiche ist jedem Diktat eine Reihe Übungsmöglichkeiten beigefügt.

Klaus Sczyrba

Lebensnahe Diktate

100 Diktattexte mit 600 Lösungsmöglichkeiten für das **8. bis 10. Schuljahr**

3. Auflage
210 Seiten + Lösungsheft

Bestell-Nr. 0471-5

Das Buch will mit seinen Diktaten und Übungen zum richtigen Gebrauch unserer Sprache beitragen. Die Diktate sind nicht nur nach Rechtschreibschwierigkeiten oder zur Anwendung einer Regel konstruiert, sondern sind auf die Bedürfnisse von Zeit und Umwelt abgestimmt.
Übungsmöglichkeiten mit Lösungen machen dieses Buch für häusliches Arbeiten und für den Unterrichtsgebrauch gleichermaßen unentbehrlich.

Klaus Sczyrba

Lebensnahe Diktate

mit zahlreichen Übungsmöglichkeiten für das **5. bis 10. Schuljahr**

3. Auflage - 432 Seiten + Lösungsheft

Bestell-Nr. 0612-2

Auch dieses Übungsbuch soll den Kindern vom 5. bis 10. Schuljahr helfen, ihre Rechtschreibleistungen zu verbessern.
Die hier angebotenen 250 Diktate sind in Ausmaß und Schwierigkeitsgrad dem Alter entsprechend ausgewählt worden. Jedem Diktat ist eine Reihe Übungsmöglichkeiten beigefügt, ebenso wurde der entsprechende Wortschatz eingebracht.
Tabellen der Rechtschreibschwierigkeiten in den einzelnen Schuljahren runden dieses Übungsbuch ab.

Klaus Sczyrba

Lebensnahe Grammatik für die Grundschule

für das 2. bis 4. Schuljahr

2. Auflage, 140 Seiten

Bestell-Nr. 0673-4

Die alltäglichen Begebenheiten zweier Kinder sind lebendige Einstiege in alle Bereiche der Grundschulgrammatik. In übersichtlicher Weise werden alle notwendigen Kenntnisse zur Beherrschung unserer Sprache kindgemäß vermittelt, die in den angegliederten Übungen angewandt werden können. So ist dieses Büchlein sehr hilfreich für den Unterricht in der Schule und die häusliche Einzelarbeit.

Klaus Sczyrba

Lebensnahe Sprachlehre in der Grundschule

50 Unterrichtsentwürfe für die Einführung aller wesentlichen Gebiete.

112 Seiten, Illustrationen

Bestell-Nr. 0615-7

Neubearbeitete 4. Auflage

Diese Unterrichtsentwürfe haben sich als eine vielbegehrte Hilfe erwiesen und ermöglichen, daß der sonst so trockene Stoff der Sprachlehre lebensnah, auf lustbetonte Weise eingeführt wird.
Jeder Entwurf ist eine Unterrichtseinheit, die sich über einen längeren Zeitraum erstreckt.

Klaus Sczyrba

Lebensnahe Grammatik für die Sekundarstufe I

5.-10 Klasse
Mit 100 Übungen + Lösungsheft

2. Auflage – 128 Seiten

Bestell-Nr. 0474-X

Wesentliche Ursache für die Fehlerhäufigkeit in der Rechtschreibung ist in der mangelnden grammatischen Erkenntnis zu suchen.
Das Buch will hier Abhilfe schaffen. In übersichtlicher Anordnung bietet es in den für das Leben wichtigen Bereichen der Grammatik viele Beispiele und Übungsmöglichkeiten.

Klaus Sczyrba

Rechtschreib-Olympiade

Übungen mit Lösungen für die 5.-7. Klasse

136 Seiten + Lösungsheft

Bestell-Nr. 0475-8

Unser Erfolgsautor Klaus Sczyrba bringt mit diesem Band ein lebensnahes Rechtschreibbuch auf den Markt, welches durch seinen Wettbewerbcharakter sicher viele Übende ansprechen wird.
Kurze Übungstexte zu den Schwierigkeiten der deutschen Sprache werden allen Benutzern Hilfe geben und einprägsam zukünftige Fehler vermeiden helfen.

Englisch

Peter Luther/Jürgen Meyer

Englische Diktatstoffe

Unter- und Mittelstufe Sekundarstufe I

64 Seiten

Bestell.-Nr. 0647-5

Beginnend mit einfachsten Texten und Erklärungen wird hier der Benutzer der Bücher mit der englischen Grammatik, Wortlehre und Rechtschreibung vertraut gemacht. Die Texte geben Hinweise auf die Vorbereitung zur Nacherzählung und sind gestaffelt nach Schwierigkeiten und Themengruppen. Worterklärungen und Übungen zur Selbstkontrolle runden den Band ab.

Jürgen Meyer/Gisela Schulz

Englische Synonyme als Fehlerquellen

Übungssätze mit Lösungen

116 Seiten

Bestell.-Nr. 0596-7

Dieses Übungsbuch will helfen, die im Bereich der Synonyme immer wieder auftretenden Fehler zu vermeiden. Die Aufstellung ruht auf Beobachtungen, die die Verfasser im Unterricht gemacht haben und erhebt keinen Anspruch auf Vollständigkeit. Die Übungssätze wurden so formuliert, daß die wichtigen Bedeutungsnuancen so klar wie möglich hervortreten. Die zur Kontrolle beigefügten Lösungen geben an, ob und wo Fehler gemacht worden sind.

Jürgen Meyer

Deutsch-englische/ englisch-deutsche Übersetzungsübungen

9.–13. Klasse

3. Auflage - 104 Seiten

Bestell.-Nr. 0594-0

Texte für Fortgeschrittene, die ihre Kenntnisse in Wortanwendung und Grammatik erweitern und überprüfen wollen.
Zu den zeitgemäßen deutschen Texten wurden die Vokabeln und deren Anwendungsmöglichkeiten gegeben und erklärt.
Am Schluß des Bandes die englischen Texte zur Kontrolle.
Breit einsetzbar in den Sekundarstufen, Grund- und Leistungskursen.

Jürgen Meyer/Ulrich Stau

Englisch 5./6. Klasse

Übungen mit Lösungen

96 Seiten - Viele Zeichnungen

Bestell.-Nr. 0687-4

Der gesammte Stoff Englisch der 5. und 6. Klasse wird in diesem Nachhilfebuch wiederholt. Die Benutzer können anhand von Übungen ihr Wissen testen und im Lösungsteil nachschlagen.

Der Stoff wurde den einschlägigen Lehrwerken an den Schulen der verschiedenen Bundesländer angeglichen um eine Benutzung nicht von den verschiedenen Kriterien der Bundesländer abhängig zu machen.

Den Schülerinnen und Schülern wird hier echte 'Lernhilfe' geboten!

Jürgen Meyer

Übungstexte zur englischen Grammatik

9. – 13. Klasse

4. Auflage - 96 Seiten

Bestell.-Nr. 0567-3

Der Band enthält Übungsmaterial zu aktuellen Fragen, u.a. Sachtexte zu Personen, wissenschaftlichen Entdeckungen und zeitgeschichtlichen Ereignissen, die über das heutige Großbritannien und die USA informieren. Die Texte sind mit ausführlichen Hinweisen zu den Vokabeln sowie Übungen zur Syntax und zum Wortschatz versehen. Diskussionsvorschläge und ein sorgfältig aufbereiteter Schlüssel bieten zusätzliche Unterrichtshilfen. Das Buch ist sowohl für Gruppenarbeit als auch für das Selbststudium geeignet.

Edgar Neis

Wie schreibe ich gute englische Nacherzählungen?

8. Auflage - 84 Seiten

Bestell-Nr. 0526-6

Langjährige, im gymnasialen Englischunterricht auf der Mittel- und Oberstufe, sowie bei zahlreichen Abiturprüfungen gewonnene Erfahrungen haben zur Herausgabe dieses Buches geführt. Texterfassung und -darstellung, Wortschatzerweiterung, Regeln der Stillehre, Erzählstil, idiomatische Redewendungen, Homophone, unregelmäßige Verben, Comment u.v.a.
Musterbeispiele als Vorlagen für Lernende.

John A. S. Phillips

Englisch für Frustrierte

Ratgeber für Muß-Studenten und Schüler der englischen Sprache

2. Auflage – 116 Seiten – Illustriert

Bestell-Nr. 0478-2

Dieses Buch ist für Leute geschrieben, denen vielleicht doch noch zu helfen ist, ihre verlorengegangene Freude an der englischen Sprache zurückzugewinnen. John A. S. Phillips, Lektor für Englisch an der Universität Bayreuth, Verfasser mehrerer humorvoller und skurriler Bücher, hat kein Lehrbuch im üblichen Sinne geschrieben. Es ist aber auch kein Amüsierbuch allein; dazu ist es dem Verfasser mit den Menschen, die seine Sprache lernen wollen, viel zu ernst.
Der Leser lernt viel, ohne belehrt zu werden. Was er bietet, will und kann kein systematisches Lehrbuch ersetzen, wohl aber „background" schaffen, bei Kennern der Sprache manches Tüpfelchen auf das „i" setzen und, wie erwähnt (– so auch der Titel –), Frustrierte wieder mobilisieren.
Enjoy it ...

Französisch

Klaus Bahners

Französischunterricht in der Sekundarstufe II

(Kollegstufe)

Texte - Analysen - Methoden

104 Seiten

Bestell-Nr. 0565-7

Dieses Buch wendet sich an alle, die jetzt oder künftig auf der neugestalteten Oberstufe (Sekundarstufe II) Französischunterricht erteilen; vor allem an jüngere Kollegen und Referendare, aber auch an Studenten, die sich auf den Übergang vom wissenschaftlichen Studium zur pädagogischen Umsetzung vorbereiten wollen.

Paul Kämpchen

Französische Texte zur Vorbereitung auf die Reifeprüfung

80 Seiten

Bestell-Nr. 0522-3

Übungen für Grammatik, des Stils und eine der Prüfungsarten - die Nacherzählung - sollen hier dem Anwärter zur Prüfung nahegebracht werden. Kurze und lange Nacherzählungstexte mit Worterklärungen stehen hier als Übungstexte zur Verfügung.
Der Schüler oder Student kann anhand dieser Kurzgeschichten seine sprachliche Beweglichkeit unter Beweis stellen. Kleine und leichte Stücke, die sich nur für Anfänger und wenig Fortgeschrittene eignen, wurden weggelassen.

Alfred Möslein/

Monique Sickermann-Bernard

Textes d'étude

64 Seiten

Bestell-Nr. 0523-1

25 erzählende Texte aus der neueren französischen Literatur als Vorlagen für Nacherzählungen und Textaufgaben.
Durch unterschiedliche Längen und Schwierigkeitsgrade, sowie durch breitgefächerte Thematik eignen sich diese Texte als Lektüre und Ausgangspunkt für Diskussionen im Unterricht. In den "Suggestions" findet man einige Anregungen für Übungen, die sich an die reine Textbehandlung anschließen können. Die Worterklärungen sollen das Verständnis der Texte erleichtern.

Werner Reinhard

Französische Diktatstoffe Unter- und Mittelstufe

1./2. Unterrichtsjahr, sowie 3./4. Unterrichtsjahr

4. Auflage - 96 Seiten

Bestell-Nr. 0532-0

Die nach dem Schwierigkeitsgrad geordneten Texte sind überwiegend Erzählungen und Berichte von Begebenheiten des täglichen Lebens, wobei unbekannte Vokabeln beigegeben sind. Mit den Texten lernt der Schüler die gehobene Umgangssprache, d.h. Vokabular und Wendungen, die er später für eigene Textproduktionen verwenden kann. Den Texten vorangestellt sind Bemerkungen zur Rechtschreibung, die nützliche Rechtschreibregeln enthalten.

Werner Reinhard

Übungstexte zur französischen Grammatik

9. - 13. Klasse

2. Auflage - 128 Seiten

Bestell-Nr. 0543-6

"Übungstexte zur französischen Grammatik" wendet sich an Lernende, die bereits einige grammatische Kenntnisse haben, sie jedoch festigen und vertiefen wollen. Es eignet sich aufgrund umfangreicher Vokabelangaben, sowie des ausführlichen Lösungsteils, zum Selbststudium und vermag bei Schülern ab Klasse 9 Nachhilfeunterricht zu ersetzen.
Die textbezogenen Aufgaben berücksichtigen insgesamt die wichtigsten grammatischen Gebiete, ein Register ermöglicht auch systematisches Vorgehen.

Christine und Gert Sautermeister

Der sichere Weg zur guten französischen Nacherzählung

-Zur Methodik des Hörens und Schreibens im Französischunterricht-

118 Seiten

Bestell-Nr. 0534-7

Der erste Teil des Buches will auf die Bedingungen richtigen Hörens aufmerksam machen und Wege zum besseren Hören skizzieren. Der zweite Teil gibt Anregungen, die Grundrisse des Textes, der Gelenkstellen, Höhepunkte, Pointen nochmals zu vergegenwärtigen.
Spezifische Formulierungsprobleme der Nacherzählung entfaltet der dritte Teil.

Werner Reinhard

Kurze moderne Übungstexte zur französischen Präposition

120 Seiten

Bestell-Nr. 0568-1

In einem lexikalischen Teil gibt das Übungsbuch zunächst einen Überblick über die Anwendung der wichtigsten Präpositionen. Auch die Präposition als Bindeglied zwischen Verb und Objekt bzw. Infinitiv (vor allem à und de) wird berücksichtigt. Listen erleichtern dabei systematisches Lernen.
Im anschließenden Übungsteil kann der Benutzer seine Kenntnisse überprüfen. Vorherrschende Methode ist die Einsatzübung. Mit dem Lösungsteil eignet sich das Buch gut zum Selbststudium. Einsetzbar für den Unterricht in den Sekundarstufen.

Gemeinschafts-kunde

Peter Beyersdorf

Die Bundesrepublik Deutschland

Arbeitsheft zur Sozial- und Gesellschaftskunde

Band 1:
Strukturen und Institutionen
mit Text des Grundgesetzes
124 Seiten
Bestell-Nr. 0507-X

Band 2:
Parteien und Verbände
84 Seiten
Bestell-Nr. 0508-8

Band 3:
Außenpolitische Entwicklung
72 Seiten
Bestell-Nr. 0509-6

Diese Reihe wurde vor allem für den Bereich der politischen Pädagogik geplant: für Lehrer und Schüler also in erster Linie. Das gilt für Gymnasien und höhere Schulen insgesamt, für Berufsschulen und nicht zuletzt für den großen Bereich der Erwachsenenbildung in den Volkshochschulen.
Jedes Heft enthält neben dem Textteil einen Dokumentenanhang und ein Literaturverzeichnis, darin wird auf spezielle, einzelne Themen vertiefende Bücher hingewiesen.
Mit Hilfe dieser "Arbeitshefte" wird es dem Benutzer möglich, die grundsätzlichen politischen Zusammenhänge unseres Gemeinwesens und die Struktur der internationalen Politik zu erkennen. Dazu werden nicht nur Daten und Fakten geboten, sondern zugleich auch deren Erklärung und Interpretation. Stand 1970!

Geschichte

Peter Beyersdorf

Geschichts-Gerüst

von den Anfängen bis zur Gegenwart

4 Teile in einem Band

228 Seiten

Bestell-Nr. 0551-7

Der Primaner, der das „Skelett" dieses „Gerüstes" beherrscht, sollte allen Prüfungsanforderungen gewachsen sein!

Das vorliegende Werk will kein Ersatz für bereits bewährte Bücher ähnlicher Art sein, sondern einem **Auswahlprinzip** huldigen, das **speziell auf Gymnasien,** kurz **alle weiterführenden Schulen zugeschnitten** ist. Daher erklärt sich die drucktechnische Hervorhebung des besonders Wesentlichen (Fettdruck).
Teil I: Von der Antike bis zum Beginn der Völkerwanderung (ca. 3000 v. Chr. bis 375 n. Chr.)
Teil II: Von der Völkerwanderung bis zum Ende des Mittelalters (375 – 1268)
Teil III: Vom Übergang zur Neuzeit bis zum Ende des 1. Weltkrieges (1268 – 1918)
Teil IV: Vom Beginn der Weimarer Republik bis zur Gegenwart (1918 – 1990)

Latein

Reinhold Anton

Die Stammformen und Bedeutungen der lateinischen unregelmäßigen Verben

Anleitung zur Konjugation von etwa 1600 einfachen und zusammengesetzten unregelmäßigen Verben.

5. verbess. Auflage - 40 Seiten

Bestell-Nr. 0500-2

Oswald Woyte

Latein-Gerüst

Der gesamte Stoff bis zur Sekundarstufe II (Kollegstufe) in übersichtlicher Anordnung und leichtverständlicher Darstellung mit Übungstexten, Übungsaufgaben und Schlüssel.

Teil 1: **Formenlehre**
116 Seiten
Bestell-Nr. 0552-5

Teil 2: **Übungsaufgaben und Schlüssel zur Formenlehre**
144 Seiten
Bestell-Nr. 0553-3

Teil 3: **Satzlehre**
104 Seiten
Bestell-Nr. 0554-1

Teil 4: **Übungsaufgaben und Schlüssel zur Satzlehre**
72 Seiten
Bestell-Nr. 0555-X

jeweils 2. Auflage

Die vier Bände ersparen den Lernenden die Nachhilfestunden und bieten ein unentbehrliches Übungs- und Nachschlagewerk bis zur Reifeprüfung.
Der Autor hat aus seiner Praxis als Oberstudiendirektor die Schwierigkeiten der lateinischen Sprache für den häuslichen Übungsbereich aufbereitet und leicht faßbar erläutert. Lernanweisungen sollen das Einprägen erleichtern.

Friedrich Nikol

Latein 1

Übungen mit Lösungen für das erste Lateinjahr in zwei Bänden.

Band 1/**Erstes Halbjahr**
mit Lösungsteil
Bestell-Nr. 0634-3

Band 2/**Zweites Halbjahr**
mit Lösungsteil
Bestell-Nr. 0635-1

In beiden Teilbänden wird der gesamte Stoff des ersten Lateinjahres behandelt.

Latein 2 (2. Lateinjahr)

Bestell-Nr. 0638-6

Der lateinische Wortschatz ist in den Büchern genau angegeben und den verschiedenen lateinischen Unterrichtswerken angepaßt, die in den einzelnen Bundesländern zugelassen und eingeführt sind.
Bei gründlicher häuslicher Nachhilfe mit den Büchern wird der Übende immer mehr Freude an Latein bekommen und bald wird sich auch der Erfolg bei den Leistungen in der Schule zeigen.

Suchen Sie wortgetreue Übersetzungen und Präparationen zu Ihren Schullektüren römischer und griechischer Klassiker?
Sie finden in der **„Kleinen Übersetzungsbibliothek"** in 500 Bänden im Kleinformat wörtliche deutsche Übersetzungen.
Fordern Sie das ausführliche Verzeichnis an.

Mathematik

Bernd Hofmann

Algebra 1

Mathematikhilfe für die 7./8. Jahrgangsstufe weiterführender Schulen

216 Seiten

Bestell-Nr. 0580-0

Friedrich Nikol
Lothar Deutschmann

Algebra 2

Übungs- und Wiederholungsbuch für die 9. und 10. Jahrgangstufe

168 Seiten - Viele Abbildungen

Bestell-Nr. 0645-9

Lothar Deutschmann

Mathematik

Wegweiser zur Abschlußprüfung
Mathematik I, II und III an Realschulen

Anhang: Reifeprüfungsaufgaben mit Lösungen 1980/1981/1982/1983

168 Seiten + 121 Abb.

Bestell-Nr. 0644-0

Ein erfahrener Pädagoge erteilt Nachhilfeunterricht in Mathematik.

In anschaulicher Weise werden den Benutzern Aufgaben aus der Mathematik an Realschulen vorgeführt, erklärt und mit Lösungsweg und Lösungen beschrieben.

Georg Ulrich/Paul Hofmann

Geometrie zum Selbstunterricht

Ein vollständiger Lehrgang der Geometrie zum Selbstunterricht und zur Wiederholung und Nachhilfe. Von der elementaren Geometrie über die Differential- und Integralrechnung bis zur Integralgleichung bieten die Bände den gesamten Stoff der Oberschulen bis zur Sekundarstufe II.
Übungsaufgaben mit Lösungen erleichtern die Verfolgung des Rechenweges und deren Einprägung und Verstehen.

1. Teil:

Planimetrie
172 Seiten
Bestell-Nr. 0576-2

2. Teil:

Trigonometrie
136 Seiten
Bestell-Nr. 0540-1

3. Teil:

Stereometrie
148 Seiten
Bestell-Nr. 0577-0

Ruth Kirchmann

Zielscheibe Mathematik

Wenn Schüler vor Mathematik zurückschrecken, liegt es häufig an den Lücken, die irgendwann entstanden sind und das Verständnis des ganzen folgenden Unterrichtsstoffes blockieren.
In diesen Nachhilfebüchern, die auch zum Nachlernen für zu Hause geeignet sind, finden sich Schüler schnell zurecht.

Dezimalzahlen

78 Seiten - viele Abbildungen
+ 8 Seiten Lösungsheft

Bestell-Nr. 0671-8

Johannes Lorenz

Mathematik-Gerüst – Unterbau

6. Auflage - 84 Seiten

Bestell-Nr. 0558-4

Sammlung von Formeln und Sätzen mit zahlreichen Musteraufgaben und vielen Figuren.

Inhalt: Zahlenrechnen - Algebra - Gleichungen - Logarithmen - Geometrie - Stereometrie - Trigonometrie.
Dieser Band richtet sich an den Lernenden, der in kurzer Form seine Kenntnisse wieder auffrischen möchte und anhand von Musteraufgaben Lösungswege rekonstruieren will.

Bis Sekundarstufe I.

Philosophie

Robert Hippe

Philosophie-Gerüst

Teil 1 -96 Seiten

Bestell-Nr. 560-6

Der erste Band des Philosophie-Gerüsts will an die Geschichte der abendländischen Philosophie heranführen, dem Leser einen Überblick über die Jahrhunderte philosophischen Denkens geben.
Aus dem Inhalt: Was ist Philosophie? Die griechische Philosophie - Die hellenistisch-römische Philosophie - Die Philosophie des Christentums - Die Philosophie des Mittelalters, im Zeitalter der Renaissance und des Barock - Die Philosophie von der Aufklärung bis zu Hegel - Die Philosophie der Gegenwart.
Anhang - Bibliographie u.a.

Teil 2 - 80 Seiten

Bestell-Nr. 561-4

Im zweiten Band werden die Disziplinen der reinen und angewandten Philosophie behandelt und dem Benutzer ein Überblick über den gewaltigen Umfang des Bereichs der Philosophie gegeben.
Aus dem Inhalt: **Die Disziplinen der reinen Philosophie:** Logik und Dialektik - Psychologie - Erkenntnistheorie - Ontologie und Metaphysik - Ethik - Ästhetik.
Die Disziplinen der angewandten Philosophie: Naturphilosophie und Philosophie der Mathematik - Geschichtsphilosophie - Rechts- und Religionsphilosophie - Philosophische Anthropologie und Existenzphilosophie - Sprachphilosophie.
Philosophie und Weltanschauung
Bibliographischer Anhang u.a.

Physik

Robert Gehr

Einführung in die Atomphysik

Vorbereitungshilfen für das Physik-Abitur an mathematisch-naturwissenschaftlichen Gymnasien.

152 Seiten,

Bestell-Nr. 0511-8

Inhalt: Das Atommodell der kinetischen Gastheorie - Die atomistische Struktur der Elektrizität - Energiequanten und Korpuskeln - Atommodelle - Kernphysik - Nachweismethoden für Strahlungen.
Das Ziel des Buches ist, den Physik-Stoff der Abschlußklassen im Hinblick auf die Reifeprüfung umfassend und gründlich darzustellen, andererseits aber auch - gemäß dem Bildungsauftrag einer höheren Schule - in das (physikalische) Weltbild der Gegenwart einzuführen.

Thomas Neubert

Physikalische Miniformelsammlung

8. - 10 Klasse

32 Seiten

Bestell-Nr. 0683-1

Für den Schulunterricht und für häusliches Arbeiten ein wichtiges Hilfsmittel - echte Lernhilfe!

Johannes Lorenz/Lothar Deutschmann

Physik-Gerüst

-Sekundarstufe 1-

7. überarbeitete Auflage
240 Seiten

Bestell-Nr. 0617-3

Die Grundlagen der Physik in übersichtlicher und leicht faßlicher Darstellung.

Inhalt: Meßkunde - Allgemeine Eigenschaften der Körper - Mechanik fester Körper - Mechanik der Flüssigkeiten - Mechanik der Gase - Lehre vom Schall - Wärmelehre - Magnetismus - Elektrizität - Geometrische Optik - Wellenoptik u.a.

Thomas Neubert

Physik 11. Klasse

Nachhilfebuch mit Lösungen
104 Seiten

Bestell-Nr. 0684-X

Dieses Buch basiert auf den neuesten Lehrplänen **Physik 11. Klasse** der Bundesländer.
Jeder behandelte Abschnitt ist in einen Grundlagenteil und einen Aufgabenteil mit vollständigen Lösungen aufgeteilt.
Dieser Band knüpft lückenlos an dem im **Physik-Gerüst Sekundarstufe I** behandelten Stoff an.

Friedrich Nikol

Physik I

Fragen mit Antworten aus dem Lehrstoff der Sekundarstufe I mit Prüfungsfragen und Lösungen.

100 Seiten

Bestell.-Nr. 0639-4

Dieses Buch soll eine Lücke füllen auf dem Gebiet der Physikvorbereitung. Häufig auftauchende Fragen aus Mechanik, Wärmelehre, Optik, Magnetismus, Elektrizität im Physikunterricht werden leicht verständlich beantwortet.
Ein Band zur Vorbereitung auf Abschlußprüfungen!

Adolf Busch

Glückwunschbuch

15. Auflage
104 Seiten - Illustriert

Bestell-Nr. 0510-X

Glückwunschgedichte für alle Gelegenheiten nebst einem Anhang: Gedenk- und Glückwunschgedichte deutscher Dichter.
Geburtstags-, Namenstagswünsche - Weihnachtswünsche - Neujahrswünsche - Hochzeitswünsche - Gästebuch- und Poesie-Album - Verse - Zum Richtfest - Gedenk- und Glückwunschgedichte deutscher Dichter.

Helmut A. Köhler

Verse und Aphorismen für das Gästebuch

104 Seiten, 12 Illustrationen

Bestell-Nr. 0630-0

Inhalt: Vorwort: Gäste, Bücher, Gästebücher ...
Verse und Aphorismen:
I. Von der Kunst, mit vielen Worten nichts in ein Gästebuch einzutragen.
II. Zum Einzug ins eigene Haus oder in die neue Wohnung.
III. Was man in die Gästebücher von Stammlokalen schreibt.
IV. Aus dem Repertoire eines Partybesuchers.
V. Individuelles für das Gästebuch:
Zu Gast bei ...
VI. Und was man sonst noch in das Gästebuch schreiben kann ...

C. Bange Verlag · D-8607 Hollfeld/Ofr.
☎ 0 92 74 - 3 72 – FAX 0 92 74 - 8 02 30